彭扬——

著

故事
星事
球 STORY
PLANET

北京出版集团公司
北京十月文艺出版社

故事星球
STORY PLANET

故事星球
STORY PLANET

目录
CONTENTS

《故事星球》给了我们一个惊喜。

"中国在长高"——"故事星球"的创建者意识到了自己创业不败的信心前提。他们的梦想有多大？"大得刚好可以实现。"这部小说，让我们从青年创业生活的视角，真切地感知用真本事奋斗构筑的"我的梦"，而这，恰便是"中国梦"踏实又活跃的青春质地。

作品至少可以从三个层面做递进式解读：首先，可以当作"创业怪咖"的"经书"，对科幻文学的熟悉程度、对前沿科技的新颖应用与推进开发的能力，是其底气，因此这份愈挫愈勇的"开山怪"成长史，令作品有料、有型；再就是，语言、故事和人物、情境都既"潮"且"炫"又有日常性的扎实，自成积极新鲜的调式、紧凑饱满的节奏，是其才情，令作品有趣、有光；更难得的是，作品的关键词是"天真"，在想象力的一路盛放与目标落成并无限延展的颠簸之旅中，那份要做一个"干净的公司"的有所秉持、那份不做"土豪"的有所谢绝，是其态度，也是时代与青年相契合的能量，令作品有神、有力。

无力青年形象过剩，我们已经谈论了好多年。说到底这种现象来自对生活的懒散观望和信心不足，闭门瞎想，视野越写越窄、形象越写越矮，常常有许多人许多年都在重复着同一个"梗"——人物关系、俗世味道、情节路数相近的同一个故事。中国的创造、世界的未来、人类的天真，那些不可破碎的形态、不可轻慢的抵达、不可丢弃的心灵，《故事星球》都给予了有点吃力而决不气馁的现实回应。当今时代，真切存在着无穷的为实现美好梦想而奋斗的各具神采的探索者们，他们不在自闭的懒人日益窘迫的冥想中，而是在需要我们以天真去探寻和以初心去深扎的广袤地带。

"好内容力大无穷。"中国在长高，中国故事亦应如是。

——《人民文学》二〇一七年四月卷首语

故事星球
STORY PLANET

1

如果这个世界是由一群

比自己还笨的人创造出来的呢？

阿信仆街了。他是真的仆倒在大街上，两眼跳星星，下巴磕出声，手里抱着的劣质纸箱在空中翻滚，里面的文件纸像白羽，纷纷扬扬地下个不停。他痛恨脚下 ——雪豹公司高而蠢的台阶。入职第一天，他就在让人奔赴法场、接受审判般的台阶上跟跄摔倒，就好像注定他会以这样的姿势离开这里。

　　在瞬间爆炸的黑暗里，神秘的一生记忆并没有闪电回放，六个半小时以后女朋友的分手电话也没有丝毫预警。此时此刻，阿信甚至懒得动弹，面朝黄土背朝天，昏死似的趴在地上，脑海里浮现的是一张被岁月的海浪冲击得肥胖松垮的脸。

　　正是这张脸，笑容可掬地将阿信迎进雪豹公司的工位上；也是这张脸，在他凌晨加班偶尔闭目养神的时刻唾沫横飞、厉声呵斥；当他彻夜撰写的提案上交以后，当然也是这张脸，当仁不让地把作者名换成了自己，去向CEO邀功领赏。然后，这张脸回到了它的居所，像一只穿西装的牛蛙，瞪着圆得不可思议的眼睛，坐在办公桌前窥视着玻璃窗外的办公区，门口挂着牌子：新媒体部总监。

面试时，阿信被考官形容为年轻的创新者，可一年后，他发现自己其实只是一颗生锈的螺丝钉。当他真正地写出一份创新策划时，部门的小姑娘们拍手叫好，可执行日一到，她们的双手顿时像是从电脑键盘里长出来的，双眼与屏幕保持着毫不间断的电流交汇，空格键的敲击声一个比一个大、一个比一个猛。每周的例会上，面对旧迹斑斑的选题方案，他一如既往慷慨陈词，换来的却是部门小伙子们潜伏的敌意，特别是身为某位高管七大姑侄子的提案者，因为阿信的新方案比旧方案需要的工作量更多、更重。一个新的项目启动了，阿信觉得可以大显身手了。需求决定形态，他想，于是他走街串巷调研市场，却在上班时间迟到五分钟，引来"牛蛙出洞"，总监的嘴巴火舌四蹿："现成的项目模板不知道用啊，罚钱！"周围的寂静中，阿信却听到了人群中心花怒放的声音。

阿信有一个理论：他并不觉得自己是世界上的聪明人，但如果这个世界是由一群比自己还笨的人创造出来的呢？他站在选择的路口，站在一块"别总想着去打破规则"的霓虹标语牌下踯躅良久。然后，阿信对那句亘古忠言比了比手指，说了句："去他妈的！"昂首阔步地走过了脚边的黑洞——这个黑洞在遥远的天际曾经美丽得让他向往，当他靠近一瞥，才发现这是吞噬一切精力和想象的危险墓场。

辞呈就是在这个时候出现在总监的邮箱里的。

拍拍裤腿，让尘归尘土归土。阿信直了直身板，把零散的杂物捡起来。他回望了一眼雪豹公司的Logo，它闪烁着刺眼的叹息。未来就像一张没有底面的纸牌，他转身迈步，向路的尽头走去。

回到合租公寓，阿信在房间角落的沙发上伸展四肢。巨大的疲劳一拳将他打到梦境的谷底，直到日落大街，阿枝的电话才敲开现实的大门。他们在一起两年。一半的时间，他们是大四毕业生，另一半则是社会新鲜人。只不过，阿枝一心想着去美国读研，毕业了仍在一所语言学校读书。雅思考了两次，这次八九不离十，她决定回家去见见父母，小住几日。和以前的任何一次一样，阿枝没有对父母提过阿信哪怕只言片语。

电话照例从异乡一段徒有其表的关怀开始，但这一刻，阿信有些当真了。他告诉了阿枝辞职的事。停顿只持续了几秒钟。

如果这个世界是由一群比自己还笨的人创造出来的呢？

"下一家公司找好了吗？"阿枝问。

"没有。"阿信答。

"简历已经投了吧？"

"没有。"

"想好下一步要做什么了吗？"

"没有。"

听筒内鸦雀无声。

更久的停顿后，阿枝的声音高扬，像是蘸了芥末，说："你这是裸辞！"

"是。"阿信答。

"有时候我真不知道你是怎么想的。你没考虑过房租，没考虑过存钱，也没考虑过我们的未来吗？我想，我们需要分开一段时间了。"

电话挂断了。

阿信想起来，有一次下班早，他提前去语言学校接阿枝的时候，看见她在教室的后排把头靠在了旁边一个高个男生的肩膀上。后来他每次去，总能看见他们站在一起，并保持着生硬的距离。如果未来是指用愚蠢蒙上自己的眼睛，然后挥舞手臂，假装兴高采烈地去欢送阿枝和她即将赴任的后备男友共度美国的恋爱时光，那么，阿信确实没有考虑过。

他明白，任何一个借口都可以是分手的理由。

　　花了点时间，他把不多的衣物归置到行李箱。他紧握拉杆，在房间里站了很久。

　　离开前，阿信看到木桌上放着一面金色的化妆镜。第一次见到她，她就是拿着这面镜子，精致地坐着，镜面里只有各个角度的自己。一天晚上，当时的前男友胡搅蛮缠，冲到阿枝的宿舍楼下大吵大闹，阿信二话没说就冲了上去。阿信狠狠地揍了对方，但也被一个啤酒瓶砸出了一脸血。此刻，他嗅到了那些暗红色的炙热气味，又打开背包，把一张存了一万块钱的借记卡放在了化妆镜的旁边。

　　"这是要出远门啊？"隔壁的室友贴着黑泥面膜，在阿信锁门的时候伸出头来询问。

　　阿信没言语。他拼凑出一个转瞬即逝的微笑，然后关门离开。

　　大体上，阿信是个能做计划的人。但裸辞和裸分这两件事，确实在他的计划表之外。他并没有想好接下来要去哪里，只是提着旅行箱穿过熙熙攘攘的人潮。他只是想，在第二天阿枝回来的时候，他还能维持独处的状态。

　　走进一家二十四小时营业的"7-11"便利店，他打开钱包，里面仅有七块五。他扫了眼琳琅满目的货架，然后买了三块关东煮里的炸豆腐。他坐在窗前的简易餐桌旁，一口一口地吃，等太阳悄无踪影。

街道的夜灯亮起不久，老妈来了电话。

"最近都挺好的吧？"

"挺好的。"阿信答。

"工作也挺好的吧？"

"挺好的。"

"阿枝也挺好的吧？"

"挺好的。"

"没钱就跟家里说，别磨不开面子，要把自己照顾好，听到没有？"

"嗯。"

阿信找了个赶报告的理由，赶紧挂了电话。因为眼泪已经顺着下巴，滴落在豆腐汤里了。

他觉得困，便趴在桌子上。黑夜就在他身旁走开了。

阿信去敲大福房门的时候，是早晨五点半。大福睡眼惺忪、光着肉膀、裤衩下垂地开门迎客。见阿信提着箱子，他一激灵，醒了。

"这是演哪出啊？"

"分了。"阿信说完，拉着大箱子进屋了。

大福愣了一下，关上门，提裤衩，赶紧跑到阿信前头，把他带到自己房间。

"不是挺好的嘛，怎么分了？"大福把双人沙发上的电玩手办和编程教材移到地板上，回头瞥了阿信一眼，闪电般的转头继续收拾着，"这几天你就睡这儿吧。"

"今天不行。"阿信把箱子推到墙角，倒在散发着余热的凌乱木床上，说了句，"我得睡床。"

说完，他就闭上了眼睛。

阿信做了一个凌乱混杂的梦。这个梦交织着他和阿枝的闪亮时光。他也梦见了大福。大福并没有愧对大学好兄弟的头衔，带他上天下海，在游戏世界里横扫群魔。他还梦见了老妈，但她只是看了他一眼，就转身消失了。

上午十一点刚过，阿信就被迫醒来了。一阵浮夸的说话声从隔壁房间传来，像坏掉的机器人在看不见的角落里重复着即将爆炸的话语。

大福上班去了。枕边有张字条，字迹横七竖八："冰箱里有吃的！"

阿信坐起身，揉揉眼，环视着一个软件工程师的房间。到处散落着书和光盘。电脑没有关，屏幕上凶神恶煞的怪物屏保正在盯着自己。他想想白白胖胖的大福，实习和就业都是在非著名电商——小豆公司当码农，虽然早出晚归，但日子也还算风和日丽，不像自己这么"作"。

下了床，阿信要去厨房找吃的。他穿过这套三居室的走廊，路过淘淘的房间。

"宝宝们，礼物刷起来！么么哒。"

就是这个声音反反复复，凿穿了墙壁，一次又一次挤进了阿信的耳膜。淘淘戴着仿制的印第安鹰羽冠，肩上披了一件五颜六色的方格毯，脸上画着红、黄、蓝三道横杠，鬼哭狼嚎地在手机摄像头前唱着《捉泥鳅》。他的房间被怪异装点着，离奇的道具随处可见：美国队长的盾牌、吸血鬼的尖牙、水手服、长兔耳和鸵鸟毛一样的神秘坨状物。但在手机能拍到的背景里，他精心布置了挂画和假花，仿佛一片奇葩丛生的南美山林。

"嗨。"阿信无精打采地打了招呼，"忙着呢？"

淘淘转过头，摇头晃脑地说："知道你睡着，都不敢去吵你，晚上咱兄弟一起撸啊撸！"

阿信苦笑了一下，随即往厨房走去。

打开冰箱，一股交杂着酸臭腥和淡果香的气味扑面熏来，让阿信一屁股坐在了地上。他拨开长毛的香蕉、湿漉漉的胶卷和一盘发黑的面，终于找到了几个冰冷的生煎包子。他拿出来闻了闻，感觉气息相对正常，便接二连三塞进嘴里。又灌了几口冰牛奶，阿信的胃终于好受一点了。

坐在地上，背靠白墙，阿信想起最初见到淘淘的样子。那时阿信还没有领略淘淘内心的狂野和奇特，怎么看他都是一个清秀高挑的大四毕业生的样子。虽然他念的是另一所大学，但这个陌生的合租室友很快就在英雄联盟的组队打怪中，与阿信和大福建立了革命战友的情谊。

淘淘学的是市场营销，却并没有找工作。他的脑子很灵光，知道未来世界的中心是手机，就当了网络主播。他的直播风格看起来就像一部用力过猛的邪典电影，但还是有不少忠实的粉丝。他会去热搜榜上搜刮最新的热点，融入他话痨一般的表达中，用这些话题当原料，驱动粉丝的笑点。一个月下来，虽说人气不及一线主播，但大几千块还是能挣到的。

除了时不时和突然冒出的黑粉在虚拟的角斗场激烈掐架，日子也算是自足舒坦的。他就一直这样没心没肺地在人生的道路上兴高采烈地跑。

整个下午，阿信就斜躺在客厅的沙发上。平淡的日光让他觉得恍若隔世。一夜之间，他就从职场小鲜肉变成了一个社会闲散人员，一个没工作、没女友、没住处的"三无人员"。

他并不适应，这并不是失恋的肝肠寸断——或者说他早已透支了这种痛苦，疼得只剩下静静的凝视——而是一种奇异的虚空。过去的一切以光速远离自己，此刻他正站在宇宙尽头，一个谁也不知道的废弃的加油站里。

阿信拿出手机，看看工资卡上的余额，算上未结的酬劳，还够撑上两个月。白吃白住向来不是他的作风。不过，至少他可以找找未来到底藏在哪里。

叹了口气，他随手抓起一个棉枕，下意识地抱在怀里，用遥控器打开了电视机。

"这是一个激动人心的时代，一个大众创业、万众创新的时代，一个又一个草根创业的奇迹在我们的身边出现……"一位女主持人站在一个大型活动的开幕仪式现场，眉飞色舞地介绍着，"我们的黑马创业大赛，就是为了挖掘未来的商业骄子。凡是最终进入前十名的创业项目，都可以获得三百万元的天使启动资金，冠军还可以……"

阿信关上电视机。

整个时代都这么激动人心，怎么就他感到疲乏和无力呢？

傍晚时分，大福提早下班，和阿飞一起回来了。

"知道你来了，我们得好好喝一杯呀！"阿飞拎起手中的热菜和啤酒晃了晃。

阿信伸出一只手，有气无力地朝阿飞挥了挥，然后又深陷进沙发。

大福瞧见，稍微清清嗓子，说："晚上阿飞请客！这小子今天一口气卖了八台净化器！"

阿飞瞄了一眼沙发，以一种诡笑的声调说："该我请，该我请！"

听到啤酒，阿信的兴致稍稍浓了。他想人的缘分也真是奇妙。他跟大福在文理两个学院，依然雷打不动地变为最好的朋友。阿飞家在南方的岛村，照样住进了这里，成了最后一个房客，也成了阿信LOL的革命战友。

其实刚见到阿飞时，阿信并不觉得他们之间会有什么化学反应。因为阿飞浑身散发出一种贼灵灵的感觉，如同一条漆黑油滑的黄鳝。但相处以后，阿信发现，这种贼灵灵，放在别人身上就是鸡贼，可在他身上却变得越来越得体，越来越恰当，甚至与他的朴实笑容浑然一体，让他只记得阿飞是个机灵健谈的人。

何况，阿飞还极会卖东西。他一边读着自考的人力资源专业，一边在瑞士空气净化器的直营店当销售员。他洞悉这座城市PM2.5天天爆表的数据，钻营着顾客的心思，还卖力地去学习各种销售技巧，于是机器卖得飞快，他的提成也节节高升。

　　阿信想，两个人最终成为朋友，有时跟性格心理学根本不沾边，就是一种自然现象。

　　"什么菜这么香？"淘淘从房间里蹿过来，鬼符般的彩脸凑在餐盒旁，把一片蒜泥肘子吸进嘴巴，情深意切地说，"过瘾！"

　　"啪！"摆着饭菜的大福抽了淘淘一下，说，"洗手了吗？"

　　这个夜晚，从海阔天空的交谈启航，很快就驶入了酒的海底。阿信隐约记得有谁提过"英雄联盟"，还有谁嚷嚷着"我们都是单身狗"，但那两句话稍纵即逝，像水中的回声一样难以辨认。他记得的，是整个房间都漂浮着橘色的酒液，所有人的身边都围绕着美丽的泡泡。

2

有需求就有生意

之后的几天，陪伴阿信的都是科幻小说。他把旅行箱里的衣服移开，把压在箱底的五本科幻小说全都拿出来。他窝在沙发上翻着书，像个时空跳跃者，从一本书的情节翻到另一本书的情节。对他来说，每个故事都能如数家珍。而阅读，也总能带给他慰藉。

　　上小学时，阿信就是个科幻迷。科幻殿堂里仙逝的大师们看着他一点点长大。他有种能力，能在眼花缭乱的科幻故事里准确地挑出最好看的，然后在课间的时候，讲给围在身旁的男孩子们听。还有几个女孩在不远处，不想远离，也不愿靠近，眼神里闪烁着矜持的好奇。

　　无论是阿西莫夫、凡尔纳、海因莱因，还是克拉克、威尔斯和田中芳树，阿信总能感觉到他们书写的光辉照亮了自己，让他觉得身处穹顶之下并不孤单。更重要的是，科幻故事中，总有一种对已知人类文明的新的想象和扩展，革新者的形象常常站在故事的大地上，这让阿信着迷不已。带来革新的角色就是以令人惊叹的身姿和卓越的智慧，升级人的认知，并将其带向一个更加辽远和深邃的区域。他觉得自己的创新意识就是从这里启蒙的。

慰藉之余，阿信也在找未来。可未来既不在下一份求职简历上，也不在老家父母可以托关系的那间旅游局科室的茶杯里，更不像逃进了宁谧的大学校园中。

未来怎么就不能现在就来呢？阿信纳了闷。

一天下午，阿信百无聊赖地在客厅找橘子吃，却只找到了一张橘子皮。旁边，散着几张销售名师演讲的光盘。他朝自己冷笑一下，把光盘放进机器，用遥控器打开电视，心想：也许他就是去路边摆个小摊的命。

光盘开始转动了。果不其然，演讲者滔滔不绝、口若悬河，嘴巴里的套路让空气里大放阵阵信息的礼炮，硝烟滚滚。阿信窝在沙发上，看了两眼，就转过身去。他觉得此刻也许能在烟雾缭绕的催眠中打个小盹。

但没过一会儿，他就坐了起来。

"什么是生意？"演讲者癫狂地喊出，"有需求就有生意，有需求就有能卖的产品，每个公司都是为了解决某个需求而诞生的……"

"需求"这个词，在阿信的脑袋里亮了起来。

阿信记起，有次雪豹公司组织的酒会上，一位影视公司的来宾向他的同事们抱怨，好故事是如何如何少，他们的项目部门天天都为此绞尽脑汁。而就在那个月，一部根据豆芽网站上的小说改编的轻喜剧电影，却取得了六个亿的票房，尽管电影的男女主角当时都是没名气的新人。这篇小说的作者还在读大四，是第一次在网上写小说。

这就是好故事的力量，阿信想。

他的脑袋在这一刻像被彗星撞了一下。他猛然想到，这几年中国的影视行业开始慢慢崛起，大大小小的影视公司遍地都是，而这一切的欣欣向荣，都可以用两个字概括：需求。

好故事为什么就不能成为创造性的产品呢？好故事为什么就不能成就一门解决需求的创新生意呢？可生意能一个人做吗？阿信不断反问自己。

有次中国企业家领袖马侯去阿信的学校演讲，讲到办企业时，他提到的最重要的词之一，就是团队。

他盯着电视机，耳畔回荡着淘淘在房间里龇牙咧嘴的笑声。他忽而灵光一闪——

一个善于营销的三线主播。一个慈悲为怀的白胖码农。一个贼不溜秋的金牌销售。

　　扑哧一声，阿信被自己的联想能力逗乐了。可细想一下，这难道不是最好的组合吗？

　　他环望着乱得有些瘆人的客厅，心想，这哪是一群单身狗的狗窝啊，这分明就是一个伟大公司的摇篮呀！

　　阿信看到，眼前是一片未知的大陆，无数的新事物在地面上奔涌、碰撞和融合。他觉得心有哪吒，风卷火起。在更深的地方，还有一个声音回应着，那就是他还活着。思想就这样一直无声地狂舞着，熬到了大福回来。

　　他花了整个晚上，把他脑袋里的新文明向挚友和盘托出。文化是造梦的产业，为日渐兴起的梦工厂提供好故事，这是热点；行业公司里的一声声求知若渴的呐喊，就是痛点；帮助一个故事发光发亮，对它的创造者来说，则是G点。

　　在想象中飞舞着，阿信继续侃侃而谈："中国在长高。人的温饱问题解决了，应该抬头看看星空。为什么科幻不能是颗启明星呢？看看电影票房，前十名中有一大半都是科幻片！"

　　大福没顾着吃晚饭，一夜都在倾听。除了偶尔发出几声干咳，他一句话也没打断阿信。

这种沉默不语的认真，阿信知道，是另一种激情澎湃的表现。

天亮了，大福说话了："我们一起干吧！"

他又说："但是这个模式需要有个载体，我觉得可以先做个微信公众号，时机成熟，再转成App。这符合移动互联网的发展趋势。技术上不难，我来做。"

"挑故事我行。这就像一个手机里的故事精品商店！"阿信说，"名字我也想好了，就叫'故事星球'！"

阿信随后将前几日看到的比赛信息告诉大福。大福拍拍肚子站起来，说："钱的事情你不用太着急。我可以兼职做。能拿到天使投资再说，反正这事我想干！"

随后，大福去厨房啃了几口面包，就上班去了。

阿信没有察觉到丝毫困意，反而去到淘淘的房间，摇醒了梦中人。淘淘穿着COS火影卡卡西的衣服，脸上的妆也没卸，半睁着眼睛左摇右摆。阿信开始讲述他自己的梦。淘淘迷迷糊糊，却听得如痴如醉。新奇的事情总能在最短的时间吸引他的注意力。阿信讲到一大半时，淘淘大喊了一声："停！"

"怎么了？"阿信以为淘淘痉挛了。

"算我一个！"淘淘眯着眼睛躺下，拖长音调，"但是能不能让我再睡会儿！"

阿信点点头，起身走到门口，但他想了想，又转身问："你确定？"

"确……定……"淘淘闭着眼睛，一动不动地回答道。

"为什么？"

淘淘睁开一只眼，说："因为，你是一只开山怪！"

阿信笑了。

晚饭以后，阿信和大福一起去找阿飞，但劈头盖脸地收获了一个"NO"。

"我听过卖鞋、卖车、卖房子，没听说过卖故事的！"阿飞的脸半蒙着。

尽管阿信又耐心地解释了故事的起源和未来，但阿飞的目光里还是装满了狐疑。他卖空气净化器，卖着踏实。可故事，看不见，摸不着，仿佛是卖团空气给别人。

"你当销售，应该什么都能卖！"大福开口了，"现在你卖净化器，最好的结果就是到头来想想，在这城里去哪儿买套房子。但如果公司做好了，你以后琢磨的，可是去哪几个城市买房子！"

阿飞思量着。大福和阿信离开了。

九点一过，客厅变得热闹起来。

阿信站在沙发前，比画着创业大赛的参赛方案。大福和淘淘坐着听，时不时提出建议。阿信觉得这些建议的视角各有不同，都很有用。讨论的气氛越来越热烈。每个人都享受着自己的表达，好像他们不是在讨论如何创立一家公司，而是商量着如何组队去魔兽世界里打怪。

阿飞在房间里待着，有点不是滋味。他惊讶自己居然有种被遗弃的错觉。一晚上，他都在床上翻来覆去。他心中其实充满了新奇的感觉，但从小的教育让他对新奇充满了古老的敌意，因为中庸才是生财之道。他又想想大福的话，半睡半醒着撑到了天光初现。

等阿信醒了，阿飞轻敲他的房门。

"现在答应还不晚吧？"阿飞尴尬地笑笑说。

阿信也笑了。

接下来的日子，阿信一心准备着几周后的比赛。他学习写商业策划书，跟淘淘一起制作展示用的PPT，并反复组织语言，尽可能精练地表达他们的商业模式。这段时间，阿信觉得能全神贯注地去做一件事情很好，可以知道很多事情，也可以不知道很多事情。

他元气饱满，心比天高，心想，银光闪闪的巅峰时刻很快就要到来了。

3

卖故事的人

阿信又仆街了。在意识到这点的三个小时前，他仍觉得自己是世界之王。他按照约定的时间，提着金点子，鼓起士气，走过国际展览中心偌大的黑马创业大赛的横幅。在路演大厅，映入眼帘的是汹涌的人潮和扩音器的混响。选手在交谈，观众骚动着，他觉得自己站在了一片迷幻闪光的树林里。他跟接待人员说了几句话，就被带到等候区 ——冠军的必经之路。

　　选手们按照所属的创业类型加以分类。候场区五人一组，按序号分别进场。阿信被分到文创组，在这组人里最后一个出场。

　　候场时，为了缓解紧张气氛，一个戴黑框眼镜的选手提议，大家应该先自我介绍、互相认识一下。他看到了其他人赞许的眼神后，起了头："我们是做手机游戏的。"

"定格动画，这是我们的项目。"另一个选手说。

"我在一个NGO组织上班，想做一个残疾人的交友软件。"

"我还在上大学，想看看学校课桌上能不能植入广告……"

阿信听着一个个振振有词的发言，觉得很新奇。有些领域是他之前并不了解的。

"这位兄弟呢，你是做什么的？"有人问阿信。

"卖故事的。"阿信答。

其余四个人齐刷刷地转头盯着阿信，这让他很不自在，他毕竟不是一只红毛猩猩。

"卖故事的？"一个人没忍住，笑出了声，"故事怎么卖？你确定不是来说相声的？"

笑声四起。

阿信想争辩，却没言语。他要证明的人并不是他们。他想把力气省着，一会儿再用，但心里却游弋出几丝不良的预感。那时候，他并不知道"IP"在几年以后会成为一个全民热词，故事的生意会遍地开花。此刻，他只想冷静一会儿，挨到进场时间。

走进赛场的时候，阿信被白炽灯的灯光照得头晕眼花。场地内外是一对同心圆。小圆里坐镇三位评委，大圆里挤满了好奇观众的目光。由于是海选，评委并非是决赛时那样的行业大佬——知名风投公司的总监、大学金融专业的教授和创业媒体的副主编构成了本场的评审阵容。

　　阿信定定神，打开制作精良的PPT，尽量把稚嫩表现为谨慎，把紧张表达为流畅中的停顿。他谈了创业故事，讲了商业模式，分析了行业，展示了团队。当他把该说的都说完时，三位评委送给他的，是面面相觑的沉默。

　　人群中传来窃窃私语。

　　"我来说两句吧。"投资总监问，"卖故事，我还是第一次听说，可别人为什么要来你这儿买故事，我找家出版社的编辑也能买呀？"

　　"您说的是垂直的出版领域，我们做的是故事的平台，两个概念不太一样。"阿信答。

　　总监继续发问："我明白了，你是一个故事的市集，量多。但怎么展现抽象的故事？"

　　"我想，这是一个产品的细节问题。虽然我们还在探索成熟的方式，但……"

　　"不好意思，"总监打断了阿信，"我不认为这是无关紧要的细节，如果没有看到具体形式，我会把它看成空想，是一个极有可能失败的生意。"

阿信想进一步解释有关故事形式的展现，但副主编很快说话了。

"你选择科幻小说，我觉得不是一个很明智的选择。"他说，"我的阅读量还算是比较广的，可是恕我冒昧，我都不知道我们民族有哪些科幻巨著能够比肩《魔戒》。这是一个多么小众的市场啊。"

"您可能有些误解。《魔戒》并不是科幻小说，它应该算是奇幻文学。"阿信有些急了，这些问题都挺尖锐的，他有点措手不及，忙着解释，"科幻文学是小众的，但它的开发前景是广阔的。我们看看电影票房和游戏销售的近况就可以知道。"

教授发言了："你怎么解决版权保护问题？你把故事放到公众平台，不怕别人抄袭剽窃吗？你是得靠这个赚钱的。"

哄堂大笑。

这句话让阿信彻底蒙了。他确实没有考虑过这个实际问题。但他觉得，教授所说的是一个技术问题，而不是商业模式是否成立的问题。他的耳畔嗡嗡响，脑际乱糟糟。尽管阿信还想做最后的争取，却看到总监摇着头，把他的资料往手边一扔，极快地喊出了"下一位"。

阿信眼神空荡荡的，回到场外的选手预留座。比赛结束后，主持人宣布了复赛名单，果然没有他的名字。他觉得这趟过山车坐得已经让他找不着北了。

散场时，周围的人走了，阿信还坐着。

这时，他的后肩却被人轻拍了一下。

"听了你那场比赛，"一个清脆的声音响起，"真敢想呀！"

阿信回过头，一张名片递过来。他拿起看：银杉资本投资经理——鹿蓓。

抬起头，他打量着眼前闪烁着一双大眼睛的年轻女孩。海浪般的卷发荡漾在一颗卵石脸的周围。细眉挂在晴天。桃红色的嘴唇像是一条载满香料的小船，让她散发出一种柑橘混合着葡萄柚的气味。两颊浅淡的婴儿肥并没有影响她浑身上下散发出的一种机灵和精明。

"你好。"阿信干脆站起身。他这样做，并不是因为他知道银杉资本是一家赫赫有名的国际投资机构，而是感受到了上帝的公平。让一位身穿精致花卉图案衬衫和干练黑窄裙的投资美女，在他撕裂干枯的斗志上灌溉一些心灵鸡汤，他觉得不亏。

"你想的挺好，但是讲的有问题。"鹿蓓也站起来，她从美国斯坦福大学留学回来，已经习惯开门见山的表达，"你的创业项目里没有突出你对核心竞争力的信心，也没有让人留下深刻印象的故事。"

我的天，这哪是上帝派来慰藉自己的仙女，阿信想，这是看着他伤痕累累地躺在人生的谷底，然后站在山峰向他撒盐的魔女呀。他像是吃了口没洗干净的水蜜桃，嘴唇甜出了血。

鹿蓓站在阶梯的高处，看着阿信说："投资人喜欢听故事，但更喜欢听的，其实就是三件事。第一，你怎么赚钱；第二，你怎么持续赚钱；第三，怎么能做到一件事只有你能赚钱，别人赚不了。你应该在这三个方面拿出相应的方案。"

平日里，阿信应该会对这样实在又实用的建议心悦诚服，但此刻，他只感觉到愤怒。特别是一个弥漫着智性光辉、初次相识的姑娘，竟然居高临下地去解剖他的失败。出局的结果已经让阿信心灰意冷，在这个时候雪上加霜，阿信没忍住脾气。

"鹿小姐，您一句话里用了四个'你'，说明您大概是一个常常以自我为中心教育别人的人。"阿信呛声道，"我做的是科幻小说的开发，我不知道您看过多少本科幻小说或者有多了解我的团队，我对团队的核心竞争力很有信心，暂时不需要别人来指导。"

"你一句话里用了四个'我'，难道你也是一个常常以自我为中心的人？"鹿蓓觉得阿信有些不知好歹，笑容一收，"创始人要善于听取各方意见，如果固执己见，再好的项目也做不起来！"

阿信背上电脑包，说："那公司举办开业酒会时，我一定要请鹿小姐参加！"

说完，他转身走下观众席的台阶。

"给我一张名片吧！"鹿蓓轻轻喊了一声。

"做不起来的公司没名片。"阿信头也不回地走了。

望着阿信消失的方向，鹿蓓嘀咕："嗬，脾气还不小。"

4

董事长这种生物

阿信把比赛的消息捎回家时，滚滚而来的兄弟情谊和铿锵鼓励让他有些不知所措。他感觉得出来，包括阿福在内，大家都小心翼翼的，尽量避开他受挫的自尊心。可能阿信的运气近来已经到了惨绝人寰的地步，没人忍心再让他多喝点儿苦水了。

　　吃过晚饭，阿信就栽倒在沙发上。他隐约想起鹿蓓的话，觉得似乎也挺有道理，当时他怎么就表现得那么刺儿头呢？但没容他多想，上千吨的疲惫就让他的眼皮合上了。

　　直到早晨化身为一个疯子，附在手机的郭德纲铃声中，狠命地一把将阿信推起来。

　　"喂⋯⋯"阿信揉眼睛，睡意在脑中结满了网。

　　"你好。"一个粗犷却冷静的中年男声，"你是阿信吗？"

"嗯。"

"我是金石创投的钱正义。"电话那头的声音热情洋溢，"我看过你昨天的比赛，你有一个伟大的想法，我很感兴趣。我就在你家楼下，我们就近聊聊？"

阿信醒了。

半小时后，阿信在小区门口的"快咖啡"找到了钱正义。

"你喝什么？"钱正义问。

"水就可以。"阿信答。

钱正义笑笑，对服务员说："两杯蓝山咖啡。"随后，他递出自己的名片。

阿信在上面看到了"董事长"的字眼。"董事长"是一种什么样的生物？阿信在心中默默地想。他抬起头，注视着眼前这个约莫四十五六岁的中年男人。微胖的身体上焊接着一颗炯炯有神的脑袋。他的目光很聚焦，像一台科学仪器扫视着物理世界的结构和原理。他穿着一件川久保玲设计的机器人图案的短袖白T恤。在见到钱正义以前，阿信无论如何也不会把这个潮牌跟四十岁以上的人联系在一起，更不会觉得它跟印象中西装革履的投资家有交集。

"您是怎么找到我的？"阿信对面前风格混搭的董事长有些好奇。

"金石是黑豹大赛的赞助商之一。你的报名信息他们都转给我了。"

阿信点点头。

"中国现在的热钱太多了！热得让人昏头昏脑的。"钱正义用训练有素的沉着语速表达着愤怒，"你知道最后入围决赛的都是些什么企业吗？"

阿信摇摇头。

"闪速送餐的、上门洗脚的、手机借贷的、同志约炮的……"钱正义咂嘴，又说，"烧着钱，在融资的接力赛道上跑，像飞蛾一样扑向上市那团大火。那些所谓的创业导师呢，也就对那些能跑得快的摇旗呐喊。"

这番话让阿信有些意外。此刻的钱正义并不像一个商人，而像一个愤怒的艺术家。他嘲讽着投资的热火，也重燃了阿信心中的冷火。

"你看看硅谷！脸书也好，谷歌也好，没有一个创始人不在热衷创造新奇的事。他们才是真正的geek！你说对吗？"钱正义问。

"能够发现需求，解决问题，然后把产品做到极致。这是我理解的geek。"阿信答。

钱正义打了一个响指，露出赞许的表情，说："这就是我为什么来找你的原因！我觉得你正在做这样的事。你看看周围——"

阿信环视四周，每张桌子上都放着一台笔记本电脑，男男女女对着屏幕滔滔不绝。

"快咖啡是很多影视行业的人会来的地方。"钱正义瞟了眼嘈杂的厅堂说，"每个人的项目里都有大明星和大导演，你觉得可能吗？这不是在谈投资，这是空手套白狼！"

阿信点点头。

"你知道快咖啡的'四大神兽'吗？"

阿信摇摇头。

"来这里忽悠投资的人，逢人便提的明星里，有四个是被提及最多的，这就是传说中的'四大神兽'。"钱正义说着说着，自己也乐了，"其中黄晓明排第一，是'四大神兽'之首！"

阿信也乐了。

这是一种奇特的气氛。阿信时而觉得钱正义的年轻状态让他像一位性情豪爽、机智戏谑的兄长；时而又觉得他像一个卓越的探险家，让自己像遥远火山下的一堆钻石重新璀璨起来；有几个瞬间，阿信甚至觉得钱正义是自己的另一个分身，区别就在于另一个可以用金币书写自由。

阿信很放松，他对"故事星球"的创业项目侃侃而谈。听者目不转睛，也很尽兴。钱正义在阿信停顿的间隙会问些问题。这些问题机智且得体，帮助阿信描绘出了一幅更广阔的商业图景。

三个小时就在充满能量的对话中溜走了。

阿信站在咖啡馆门口，与钱正义握手告别。

"后天我去看看你们的团队。"钱正义笑容灿烂。

"非常欢迎。"

随后，钱正义的司机拉开车门，他坐进了一辆黑色的宾利。

阿信目送着。当轿车消失在路的尽头时，他才喊出一声长长的"耶"。

两天后，钱正义如约而至。他像个大龄潮童，迈着轻快的步伐，坐在了客厅的沙发上。

阿信向钱正义介绍他的"梦之队"。钱正义边听边看，目光在等候多时的大福和阿飞身上有节奏地跳跃。他的眼睛中像放着一台高速运转的计算机，正在用数据标注着每一个像素。望向淘淘时，他多停留了几秒。淘淘搭着墨西哥披风，不自然地端坐在一旁，笑起来像个神婆。阿信知道，他们第一次见投资人，多少有点紧张。

钱正义似乎并没在乎这点，他反而对阿信的团队不吝溢美之词。在科幻故事的商业探讨中，他称赞阿信是个富有灵感的天才；在对互联网新技术的畅想中，他把大福当成一个将会引领内容电商潮流的潜力股；在分析国内外移动互联网的成功销售案例中，他用期待和热切的眼光，授予了阿飞故事大卖场"销售将军"的称号；即使是淘淘，他也用"营销大师多怪才"这句话装点了其泛着油光的额头。

"技术的商业，命都不长，它总有更先进的继承者。"钱正义看着大福，"而且会越来越快！"

大福很赞同。

"但故事是永恒的。"钱正义望向阿飞，"每个时代的人都会为好故事掏钱。"

阿飞觉得在理。

"你们聚焦在科幻这个细分跑道，很聪明。"钱正义瞅瞅淘淘，"只要在自己的跑道上做到最好，就会有巨大的价值。"

淘淘点着头，眨着眼。

"现在的人都想摘桃，不想种树，故事哪能说来就来呢，得养！"钱正义的视线落在阿信脸上，"我们要做的，应该是个百年品牌。"

阿信心想，怎么有人这么懂自己呢！

钱正义告辞时，阿信一直把他送到小区门口。

"我们一起干吧！"钱正义上车前，敏捷地收敛笑容，精准地将一种隐形的权威投向阿信的瞳孔，"钱我来出，事情你们干。股份嘛，咱们都好说。"

阿信有点犹豫。

"对了，我投资了一个孵化器，你们就去那儿干吧。这样房租也省了。"钱正义拍拍阿信的肩膀，"好好考虑下，不急。"

可阿信想得肝肠寸断。

他把兴奋和迟疑搅和在一起，想法像白日焰火，入梦也喋喋不休。阿信也知道，这种虚张声势的煎熬只是为了给内心深处那个早已做出的回答一份合法的出生证明罢了。这个回答，来自钱正义用金光闪闪的承诺在梦的星际为他绘制的第一张地图；也源于一辆装载着各种福音——场地直供、房租减免以及被钱正义列入"日后详谈"名单中的更多支持——为创业险境披荆斩棘的坦克已经点火启动，轰轰作响；说到底，是钱正义对"故事星球"富有温度的致敬，它及时地在一片暴风雪肆虐的战土中，照亮了自我价值的天光，点燃了死灰般的渴望。

在昏天黑地的自我角力中，阿信还想起鹿蓓。但是，当她傲慢的说教在潜意识里猝不及防地浮出水面时，他总是有股无名的火气。

　　也正是这股怒火，让他最终在股权协议上签名时，写得刚劲、利索。

5

"鸟笼"里的公司

当阿信背着旧旧的双肩包站在丰收孵化器的院门前时，日子已经过了一个月。

这些天，他忙得不可开交，白天焦头烂额地穿梭于工商局、银行和地税局之间，晚上则睡眼惺忪地跟大福推敲公司的年度和季度规划。他在新事物的密林里眼花缭乱，匍匐前行，跟自己的离奇短处打着交道——当电脑屏幕上出现制作预算的Excel表格时，他心乱如麻，几度差点晕厥过去——好在文书高手淘淘帮了不少忙，他才终于跌跌撞撞做好了准备工作。

"我觉得我胖了。"阿信某天躺着抱怨。

"哪儿胖？没见着啊。"大福用目光搜了几遍，愣是没找到一块肥肉。

"脑子。"阿信笑呵呵地说。他觉得智商放血太多，连笑起来也是傻的。

　　阿信的脑袋里上传了数不清的事，但他想得最多的一件事，就是得对得起兄弟。他在预算中毫不吝啬，留下了三个充满诚意的位子，来表达他对人和公司关系的理解。他跟钱正义通了几个小时的电话，为的是前往未来，建造一个股权和期权的激励基地。这甚至让他觉得有点怠慢了自己——他为自己开了有限的工资，仅仅用于支付房租和衣食的开销。但他相信这是对的。也因此，大福和阿飞的辞职办得干脆利落。

　　此刻，阿信站在大福身旁，和淘淘、阿飞一起环望着孵化器的大厅，心情激荡澎湃。这里大得没有规矩，只有格局，仿佛十几个大车间推墙破壁融进彼此，连接成一个星际的航母。在开放式的办公空间，长长短短的桌椅以色彩分区，大大小小的团队人头攒动，密集的键盘敲击声被广阔稀释成一种空灵的音乐。这是一个时代的码头，一个千帆竞技的资本大航海时代，这种感觉撞击着阿信。他看到一艘艘火热的、金光闪闪的船只停在眼前，船长、水手、木匠、机工在各自的甲板上忙忙碌碌，一个不知发自何处的声音以指挥家的姿态领喊着号子，粗壮的缆绳飞快地卷起，以便能够早日扬帆起航。

　　入住办公的手续阿信办得很轻快。上午十点半，他拿着一堆表格，跟着人力资源部的卷发姑娘，开启了环游孵化器的闪电之旅。

"这里是会议区。如果你们需要开会，通过OA系统向行政部提前预约就行。"卷发姑娘站在二层东面的一条长廊尽头，指向大大小小、风格迥异的十几个房间。有的像是海盗的船舱，有的宛如童话中的木屋，还有的点缀着星球和微光，仿佛在宇宙间漫步……

淘淘的眼睛变成了闪光灯。

卷发姑娘走到西面，推开一扇玻璃门："休闲区到啦，有健身房、游戏室和按摩间，都是福利。"燃烧的生命气息扑面而来。一些人在跑步和打沙袋，另一些人在Xbox的世界里屠魔。几个隔间里，长满老茧却极为灵巧的大手们正在疲劳的肩颈和腰盘上弹跳。

阿飞的笑意化到地上了。

在一楼，他们还见识了伟大的食堂。"每天有五餐。"卷发姑娘站在一个飘散着奇味妙香和充溢着琳琅满目食物的巨大空间的入口，解释道，"早中晚三餐，外加下午茶和夜宵。"

大福面对幸福，咽了咽口水。

不知为什么，阿信却没有瞬间与这种集体的喜悦联网。他的脑中闪过一幅画面：电影《千与千寻》里奢华汤屋旁的那个养猪场。他对自己大煞风景的念头感到惭愧，于是强力把它从洋溢着激情和期待的画卷上抹去。

立即，马上。

阿信和卷发姑娘在一楼的东门告别。那里离他们即将耕耘的"故事星球"只有十几米。

"很抱歉，孵化器几乎满了，只剩那边几个座位。先将就着用，有合适的机会再调整！"卷发姑娘与四人握手，"希望你们的故事……公司能成功！"

她标准地莞尔一笑，转身带走了眼神里的好奇和怀疑。

在东边的角落，阿信找到仅剩的一组办公桌，挤一挤可以坐七八个人。

当他们刚把背包放在桌子上时，旁边有人说话了。

"这儿有人了。"一个穿着黄色T恤的瘦高个从挡板后面站起来。他的头发梳得油光贼亮，戴着一副黑框眼镜，胡茬儿若隐若现地环绕着厚厚的嘴唇——那里振荡出尖细的音频，却混入了一种不容置疑。

"这儿没人呀？"阿信看看空荡荡的座位。

"这儿将会有人。"瘦高个回答得斩钉截铁。阿信看到他的T恤上有个蛋的Logo。

"'将会'是什么鬼呀？"淘淘气不打一处来，"霸占空位子有意思吗？"

这时，又有几个穿黄色T恤的人站起来了。他们尽管高矮胖瘦迥异，但都戴着眼镜，胸前也都有一只蛋。

"怎么说话呢？"站在瘦高个旁的一个矮个男孩开口道，"懂什么叫先来后到吗？"

瘦高个略微昂起头，以一种领袖人物的身姿双臂插在胸前，脸上凝固起一种没有表情的表情。

淘淘准备再找他们理论，但阿信拦住了他："行。但人力资源部让我们坐这儿的。不坐这边的位子，那坐哪边？"

瘦高个把头往左偏了偏，扫了一眼靠墙的地方。

那里是四个大鸟笼似的球形办公区，每个球体里都有两张办公桌。

"那些原本是用来做冥想室的，二楼放不下，就废物再利用了。"瘦高个说，"听说你们公司不是叫'故事球'吗？挺应景的呀。"

笑声炸开了花。

大福和阿飞实在忍不住了，但刚冲半步，又被阿信拉回来了：

"今天是第一天，走吧。"

淘淘翻了个白眼，耳朵都快冒青烟了，一把拽过包，没好气地嘟囔了一句："真倒霉，第一天就碰到一群作恶的小黄人！"

后来阿信知道，瘦高个本名胡力，他领导的团队并不叫"小黄人"，而是叫"黄蛋"。这是一个以解决儿童不爱读书的问题为使命的九人公司，他们的产品是一款游戏型阅读App。当孩子开始阅读文章的时候，一个超级玛丽般的小黄人会疯狂地在不同位置的句子和词语间跳跃。小朋友必须用鼠标跟随小黄人去阅读，如果跟随中断，游戏就会重新开始或结束。

阿信庆幸自己已经长大成人了。

淘淘用目光仔细勘察着并排的"鸟笼"，然后丢给阿信一句话："交给我吧。"

恪守着"万物皆淘宝"的自然法则，淘淘用十根手指完成了精准的比价任务，向光纤密林发送缪斯的装潢信号，一堆堆价廉质优的包裹便接二连三地放在了他们的办公桌上。

当阿信两周以后走到这里，他觉得自己来到了真正的星球，四个球形区域被装点成风格迥异的领地——热带雨林在野蛮生长，海底世界会闪闪发亮，超级英雄正酣畅交锋，未来的城市凝视着每一个坐在这片幻梦中的人。

当他走到这里，他没有时间去注意"小黄人"们坏掉的下巴，因为他的脑袋里塞满了热忱和渴望，并顺着一条耀动着钻石光亮的河床流向远方。

6

英雄帖与"猪鼻子"

科幻凝结着人类的天真，阿信觉得，淘淘的妙手奇思很好地勾勒出"故事星球"的文化：天真而不幼稚。这种不幼稚在于，四个大男孩驾驭着火热的马车，在理性的计划表格中所向披靡、飞速前进，创造着属于他们的奔腾年代。阿信也认为，这种组合是能产生化学反应的，而且是黄金配比——大福为App搭建坚固的技术骨骼，淘淘的鬼马神通让产品外衣光彩夺目，阿飞正把即将爆发的能量投向一份故事版权销售市场的调研报告中，而阿信，则尽力去赋予这个迷人的组织与之相匹配的灵魂。

　　尽管如此，在第一次全员会议中，他们仍觉得人少了。大福的技术研发团队至少还需要两个帮手，公司也得有个处理繁杂事务的行政人员。这个数字已经是百般推敲后的产物，而且得益于钱正义——他指派自己投资公司的一名秘书兼任"故事星球"的财务，所有令人抓耳挠腮的票据整理、资金申请和记账报税都有了外援。

一个深夜，阿信坐在办公室里，敲着一份规矩周正的招聘信息，其中包括职位描述、任职条件和薪酬福利。但他对着电脑屏幕盯了良久，随即将其一笔勾销，转而写成一篇"英雄帖"。他在开头这样写道："有一天，你是否害怕自己会无可挽回地走向庸俗，变成一个激情丧失殆尽的人；有一天，你是否在钢铁丛林里看见了远方的暮光，它让微冷的心重新跳动；有一天，你是否已经想到要去经历另一种现实，而不仅仅是成为一块机器母体中的电池……"

阿信没有想到，他把求职的严肃化为纸间的谈笑，却引来了互联网上阵阵热情的回响。特别是网生一代的年轻人，他们对新事物的理解有着独特的想象力。招聘信息中的嬉笑怒骂像病毒一样被复制着，出现在了各大高校的论坛、科幻爱好者的微博以及知名职场达人的公众号里。公司的电子邮箱每天都被几十封邮件敲拍着房门。淘淘帮阿信一起处理着五湖四海的心愿，一边眨着眼睛筛选简历，一边嘟嘴说："好内容果然力大无穷呀！"

在成堆的简历中，刨除科幻狂野爱好者的情怀支持，激情万丈却与招聘要求南辕北辙的年轻问候以及大龄无业人士的无奈试探之后，阿信手里却只剩下寥寥的希望。他勉强把几份符合公司文化和任职要求的简历摆在桌前，而大福更是唉声叹气，连连摇头，最终颗粒无收。

"程序员和工程师都是比较被动、比较闷骚的。"大福对阿信苦笑着说。

大福的话，阿信觉得在理。闷骚的程序员都像黑松露，需要他这只猪鼻子去拱一拱。

接下来的几天，他把大福的要求揣在目光里，去大咖聚集的专业论坛和专业牛人的微博四处闻嗅，主动出击，竟然也猎来一些简历。这些简历大多质量优良，但是量少，选择有限。

周末，大福递给阿信一个便笺，上边写着一串手机号码。

"找到了？"阿信喜出望外。

大福摇摇头，说："是一个可能找到神一样队友的地方。"

拿起便笺，阿信有些疑惑地看着上面的数字。

"这是我一师兄，叫花熊。他创办了一个互联网科技公众号，叫极客帮。"大福笑笑说，"别被名字吓到了，不是黑组织，都是良民。"

"黑组织里高手多，要是有人愿意把这小庙的空位填上，也成啊。"阿信苦笑道。

"别看都是良民，那里可是藏龙卧虎。"大福说，"去跟他聊聊吧，也许会有意外收获。"

阿信点点头。

当天晚上，阿信就给花师兄打了电话。对方的声音很粗犷，听起来确实像个帮主。他们相谈甚欢。当花帮主察觉到阿信对技术人才毫不掩饰的"饥饿感"时，他邀请阿信来参加下周六"极客咖啡馆"的演讲——

"这是我们每月一次的线下活动，很受欢迎。"花师兄说，"我们会找个咖啡馆，邀请四位创业嘉宾，每个人用十五分钟的时间来讲述自己正在干的事情。"

"有点类似于TED演讲？"阿信问。

"没错。"花师兄答，"来参加活动的，都是五湖四海的技术宅，神人很多。"

阿信欣然答应。他想，没有什么程序员的招聘广告比这种形式更加活色生香了。

对于"极客咖啡馆"的演讲，阿信准备得很卖力。他请大福从技术人才会感兴趣的角度给演讲的PPT提意见，又让淘淘反复改了很多次。他铆足了劲儿，想给那些潜在的招聘对象有趣的十五分钟。

活动当天，阿信见到了花师兄。花熊像一只真熊，肥硕的身体外是彩色衬衫和短裤，有种夏威夷晴空万里的感觉。花师兄很热情，带着阿信穿过人满为患的咖啡馆，请他在嘉宾席就座。花师兄看了眼热闹的人群，就像熊看见了蜜，一脸欣慰。聊了几句，夏威夷帮主就拿着阿信准备好的U盘去做调试了。

　　阿信的演讲被安排在第三个。和大多数来到这里的技术宅一样，他目光炯炯，竖起耳朵，渴望听到来自技术世界的真知灼见。

　　第一个上场的是个卷头毛、穿帽衫的男孩，是Newnet的创始人和CEO，名叫艾姆。他戴着黑框眼镜，脸颊两边胡子拉碴，极不规整，像一片倔强的树林。一双红色的帆布鞋如同两个燃烧的风火轮，把他带到了人们的视线中心。

　　"有人管我们这样的人叫'程序猿'，是人类的新物种。"艾姆撇撇眉毛，似乎有种无奈，"强耐力、高智商、低寿命，还有一张横扫社会的苦瓜脸。"

　　众人都被逗笑了。

　　"但是改变世界的人，往往就是从这群苦瓜脸中产生的。"艾姆言归正传，"让我们回忆一下，互联网最开始的样子：几乎所有的事情都是开放的、共享的、免费的。人人都可以制定属于自己的规则，这是我心中互联网最经典的样子。"

赞许的眼神从四面八方投射在艾姆身上。

"可看看现在，我们需要不断地为更好的系统、更好的软件和更好的内容付费。更重要的是，自由已经荡然无存，我们的一举一动都在被监视，无论是ISP、搜索引擎，还是广告平台和FBI，对他们来说，数据就是金矿。"艾姆环视全场，"我们现在看到的互联网，是这些人希望让我们看到的样子。"

人群中有人为这句实话发出了一声喝彩。

"而我想做的事情，就是建立一种新的网络。"说着，他从口袋里掏出一台苹果手机，晃了晃，说，"想象一下，如果有一种算法，能够让所有的手机连在一起，变成一种更低成本的网络。这种网络没有中心，没有监视，不用付费。我们像呼吸空气一样去使用它，世界会是什么样子？"

阿信眼前一亮。他觉得艾姆的观点很震撼，而且很迷人。

"Newnet正在做的，就是这件事。"艾姆伸出一个手指，像面朝大海般说，"这种网络能够带给你真正的自由，就像恋人间自在的絮语，就像无拘无束的思维。这是图书馆的图书馆，所有人都是它的作者。"

掌声雷鸣。阿信叹为观止，简直要爱上他了。

演讲前，阿信一直隐约地沉浸在艾姆让人向往的未来构想中。这种向往甚至激励了阿信，让他在自己登台时也表现得激情万丈。在演讲尾声，他按计划打了招聘的小广告，电邮地址挂在了PPT的最后一页，随着理想飘扬。

活动结束时，果然有人来问招聘的事。阿信细致地讲解，热情、耐心。阿信也很想认识一下今天让他心中出现一道壮阔景观的艾姆。告别问询者，他在人群中寻找着艾姆的身影。可令人意外的是，艾姆居然先找到了他——

"我是个超级科幻迷。"艾姆友好地伸出一只手，"你们做的事情很有趣。有时间聊聊吗？"

阿信笑着握手。他明白，心有灵犀的人之间是不需要废话的。

在咖啡馆的一角，阿信和艾姆相视而坐。

艾姆谈起Newnet的前世今生，谈到喜欢的科幻小说和电影，还谈了自己的偶像帕沃尔·都洛夫和亚伦·施沃茨——前者创办的Telegram经常毫无规律地变换办公地址，行踪诡异，是世界最神秘的公司之一；后者则用生命赞颂了心中的理想主义。他们的共同点是，都在为人们早已丢失的自由和隐私而战斗。阿信听得如痴如醉。特别是在艾姆谈到创业之初自己几乎被所有的投资机构拉入黑名单，被嘲讽是个疯子时，阿信感同身受，很动情。

"差点就伪装成外卖员去绑架投资人了。"艾姆望向窗外，

"那时，一个同事还问我，是不是我们真的疯了？"

"你没疯。"阿信摇摇头，"是这个世界配不上你。"

艾姆凝视着阿信，停顿了几秒，眼中闪过一丝什么，随后笑了笑。从他的目光中，阿信知道，他们已经是朋友了。

"我有个哥们儿，最近刚好在找工作，很适合技术岗，也适合创业。"艾姆问阿信，"有兴趣吗？"

"当然！"阿信欣喜若狂，为了这个惊喜，也为了创业者之间的惺惺相惜。

收到艾姆转发的简历后，阿信和大福很快便一起面试了应聘者。大福很满意。此人长得极黑，故得名"小黑"。小黑推荐了一个朋友，大福觉得也不错。这哥们儿又长得极白，顺理成章就是"小白"。

按常理，行政专员应是好找的，但阿信却觉得候选名单不温不火，没有让人眼前一亮的心仪对象。就在"选择障碍症"发作期间，一封简历悄然降至他的邮箱，至今都让他觉得这是自己人品积分累计换取的礼物 ——一个箍着银色牙套、戴着深色的黑框眼镜、扎着小辫的女孩引起了他的注意。不仅是因为这笑容够惊悚，更多的，是因为他看见了她内心的小宇宙。

她简历上的名字叫"茅毛"，双修中文和工商管理，是即将毕业的大四学生。她的简历附件包括一份在学校科幻协会担任副会长时的就职演说和工作总结，一篇"阿西莫夫'基地'"系列小说的书评以及对"故事星球"商业模式的建议，总字数超过一万字。

凌晨时分，阿信仔细看完所有材料，当即就给茅毛回复了邮件。

两天后，他在会议室看到了一位穿着碎花连衣裙、留着清新短发的纤细女孩。虽然谈不上漂亮，却洋溢着别致的青春风味。但无论如何，阿信也没法相信这是他在照片上见过的人。

"你是……茅毛？"阿信顿了下，谨慎地问。

"我是。"她笑得天真烂漫，酒窝掩盖了几丝羞涩。随后，她瞥了眼阿信面前的简历，又说，"照片是几年前的样子。百分百牙套妹。现在牙套摘了，眼镜也换隐形的了。"

"原来如此。"阿信点点头。

随后，阿信用问题搭建了舞台，变成了一个观众。他看到茅毛在谈论到科幻小说和电影时无法抑制的激动，领略到她在校园里Cosplay《魔法少女小圆》时的着迷与喜悦，感受到她用向往编织的未来，那里闪烁着信念的花火。

面试结束时，阿信注意到，茅毛把拉开的座椅推回了原位。她是所有的面试者中唯一这么做的人。当她起身离开，阿信忽然叫住了她。

"有个问题很俗，但我还是想问问你。"阿信说，"为什么想来'故事星球'？"

"因为……"茅毛想了一会儿，答道，"有种酷酷的萌。"

阿信笑了。

他对这个回答很满意。望着茅毛的背影，他在心里笃定地想：就是她了。

人都齐了，阿信心里的窟窿也消失了，写起汇报邮件来也更有劲道。CEO的肩上有座山，这座山就是找钱、找人、找方向，他觉得自己正在尽职的路上。钱正义收到邮件后，当天下午就给阿信发来微信："我一会儿过去坐坐。"

晚上八点半，钱正义终于来到会议室。这与他事先约定的时间相差了三个小时。阿信和伙伴们纷纷起身。茅毛把中央的皮转椅拉出来。

"堵得寸步难移呀，都坐下吧！"钱正义边摆手边落座，幅度稍大，就像一个撞进皮面然后陷落的钟摆，他问，"都没吃饭吧？"

阿信摇摇头。

"抱歉啊，让你们空着肚子等我。"钱正义说，"那边吃边聊吧？"

"没事的，钱总。"阿信答。

"就是跟大家聊聊天，咱们随性一些。"钱正义说，"反正我也饿了。"

阿信想想，问："比萨可以吗？"

钱正义弹出一个OK的手势。

茅毛为钱正义倒好茶，马上就去必胜客下订单了。

虽然靠着皮椅，钱正义却饱满有神。他环视着所有人，在致欢迎辞后开始讲述他对于公司画卷长图般的愿景，当然，他用的主语是"我和阿信"。但阿信觉得，坐在身旁的钱正义和他以往印象中的稍有不同。这些差异表现在他的表情和语调，甚至他的身姿和手势，没了先前的肆意不羁，多了几分权威和庄重，像是一把渐渐收拢的伞。唯一没有变化的，是他锐利精准的目光。

这也许就是"董事长"这种生物该有的样子吧，他推测着。同时，他也在内心的镜子里瞄了眼自己，那是一个穿着牛仔裤和衬衫，无论坐在哪里都像个不起眼的毛头小子的家伙。

钱正义在轻快的语调中收放自如。他询问着团队近况，分析着商业策略，讨论着行业热点，偶尔还谈谈历史沉浮。他在谈话中透露出对三位新人有分寸的好奇，试图以最短的句子一眺对方的概貌。

"你最喜欢的一本书是什么？"

"凯文·凯利的《失控》。"小黑答。

"你最讨厌的事情是什么？"

"有人写代码时敲Tab键，我是空格党派的。"小白答。

"你谈过几个男朋友？"

"一个半。"茅毛答，"一个是刚分手的，半个是宋仲基。"

钱正义乐了："是呀，他现在是所有小姑娘的半个男朋友！"

在欢声笑语中，比萨到了。

钱正义挑了蔬菜和水果居多的两片，简单吃了几口，然后把边缘的面饼轻轻扔在了餐盒的角落。其余的人尽管吃得有些拘谨，但饥肠辘辘依稀可见，连面渣都没剩下。淘淘还吸吮了几次沾满酱汁的拇指。

简餐结束，大伙儿收拾着狼藉的桌面，钱正义也起身告辞了。阿信顺手把他面前的餐盒盖好，递给正在收拾的茅毛。钱正义扫了眼，忽然对阿信说了句："这些事情还需要你亲自做吗？"

这些事情难道不可以亲自做吗？阿信纳闷了，难道就是因为自己是CEO，所以连帮同伴递个餐盒都成了不恰当的事情了吗？

阿信没言语，只是送钱正义出门。他站在大门口，直到董事长的车消失在一个漆黑无解的问号里。

7

黄金眼

每周一次的"故事会"是阿信最为心喜神悦的光景。这是例会之外，公司全员齐聚的场合。茅毛和淘淘搜集了中国科幻小说版图上的珍珠，有的已经光芒万丈，有的还需潜入更隐秘的疆域，去剥开不知名的泥浆，把一抹新亮陈列在大伙儿的眼前。这些初筛的小说是他们的精选劳作，将由其简述和推荐后供众人讨论，形成短名单。阿信觉得，虽然最终拍板的是自己，但了解每个人的不同观点对他来说很重要，思想的过招也能带来共同的成长。

　　讨论通常是没有时间尽头的忘我之作。每个人都自觉地开启自己的虫洞，成为时间旅行者的同伴，在不同的维度和空间，去讲述各自经历的太空告别、人机战争、瘟疫危机和星际入侵。这些时刻，阿信看到了所有人正坐在高中社团的活动教室里风华正茂的样子。

在胜出者的名单中，阿信记得一个崭新的名字：费斯。费斯是新人中的新人。创作刚刚起步的他，仅有一篇处女作——《星球规划局》。在阿信的力荐下，这篇作品一路披荆斩棘，甚至超越了几位作品颇丰的资深作者，大踏步地走进了签约作家的候选队列。

阿信不会忘记第一次读到费斯小说的感觉，刚读了几页，他觉得也许应该签下这个作者；读完整篇小说，他则笃定地想，必须要签下他。

费斯的小说让阿信仿佛身临其境。他看到了优美的文学表达、壮美的科幻情景和让人欲罢不能的故事风格，特别是其中还有一种对人性中失落已久的自由的呼唤。

找到费斯的微博后，阿信想毫无保留地表达自己对他小说的喜爱，并给出了诚挚的签约条件，但写完一封私信，他立马又删掉了。因为费斯在微博提到，两天后他将参加一个科幻小说的颁奖典礼。阿信想想，还是见面谈更好。

颁奖当天，阿信拿着手机申请的二维码入场券，背着一个装着合同的帆布包，提早来到活动现场。他走进狭小的场地，一个大学的报告厅，没什么过多的装点，看上去很朴素，甚至有点粗陋。他走到第一排，按照座椅上贴着的名牌寻找费斯的名字。当他停在一个角落时，他记住了这个位置。

一场小而温暖的红毯活动拉开了序幕。莅临的科幻作家由身着奇装异服的科幻角色模仿者陪伴着，依次招手走过。从旁人的谈话中，阿信得知，这些与科幻作家并肩同行的，是无偿支持活动的大学社团志愿者。在穿梭着黑武士、终结者、异形和阿凡达军人的红毯两边，雀跃的年轻人发出了与巨星相遇般的疯狂喊叫。

地动山摇之际，阿信看见了费斯。和微博上的照片一样，他看上去"清汤寡水"，但又坚定有力。他留着中分，穿一件格子衬衫，与身旁的钢铁侠并排走向前方的入口。阿信费力地向入口移。当他快要靠近费斯，刚准备打个招呼时，一个暗影闪挡过来，他便一头撞在了《银河系漫游指南》中那个得了严重抑郁症的机器人马文身上。

阿信被巨型机器人偶撞得天旋地转，晃晃悠悠地回到座位上。颁奖开始了。举办方领导和嘉宾一一站上局促的台面，宣布不同奖项的得主。虽然奖金只有几千块钱，但每个上台领奖的作者都一脸笑意，让阿信觉得如沐春风，他能感觉到，这是一种没有标价的快乐。当费斯上台，领取一千元的"新人奖"时，阿信的心里却不是滋味。他看得出来，这些作者都不富裕。

如果故事可以被看作文化产品，甚至是电影、戏剧、动漫产业最重要的基石，那么，既然和其他写出优秀故事的奠基者一样，为何这些作者的劳动如此不受尊重？在看到团队的行业调研报告时，他曾感到这种隐痛。此刻，这种隐痛变得更加深沉了。阿信想，至少在他们的"故事星球"，他要想方设法改变这种危局。

活动结束，阿信对抗着潮水般的人群，逆流而上，朝费斯的座位移动。名望在外的科幻作家周围，是数不清的科幻迷和邀约采访的记者。相较之下，费斯的位置却冷清、萧条。

来到费斯的面前并说明来意后，阿信看到对方的眼睛里有一种久旱逢甘雨般的惊奇。但倏地，这惊奇便被一根时间的草绳拽向他方 —— 一个志愿者递给费斯先前寄存的一把吉他。背起吉他，他看看手表，显得紧张，对阿信说："抱歉，有演出，得动身了。如果有空的话，晚点聊聊？"

阿信点点头，接过一张酒吧的名片。

晚上八点，他来到卡片上的"MIAO Livehouse"。买了张门票，换了瓶啤酒，阿信就站到了熙熙攘攘的人群里。舞台上霓虹闪烁，明暗交织，一个四人朋克乐队调着音。随后，演出开始，人群变成了荷尔蒙和狂喜的混合体，像深海的鱼群一样扩张、收缩和扭动。

吉他手费斯站在主唱旁边，潇洒地互动，忘我地合唱，时不时还跟着其他人一起跳跃。阿信没想到，他在一个科幻作家的身上还能看见这样青春万岁的光景。酒精起了作用。轻快的歌声让阿信想起了旧时光，那些仿佛每天都在嘶吼和燃烧的日子。他情不自禁地伸出一只手臂，跟其他人一起摇摆起来，耳畔是萦绕不去的芳华之音——

理想被油漆涂抹
为什么还笑得如此快乐

在"安可""安可"的阵阵呼喊中，乐手们挥手走下舞台。

阿信在后台找到了大汗淋漓的费斯。像两个少年，带着同样的激动，他们相视一笑。收拾好东西，与成员告别后，费斯带阿信来到吧台。

"两瓶嘉士伯。"费斯说。

调酒师飞快地将酒放在台面，说："六十。"

费斯掏了掏口袋，只有两张皱巴巴的二十。

"酒吧太吵，我带你去撸串吧！"阿信提高了些嗓门，示意费斯把钱塞回口袋，就带着他走出了酒吧大门。

在一个僻静的烤串店，热腾腾的烧烤摆在阿信和费斯之间。

"边吃边聊吧。"阿信拿着一杯啤酒，跟费斯碰了碰。

费斯吃着烤串，阿信侃侃而谈，毫不掩饰对《星球规划局》的喜爱。当费斯说话时，阿信看到了一个计算机系的工科生是怎样离开牢笼般的单位，最终选择和相交十年的乐队哥们儿一起，站上酒吧的舞台。

"我不喜欢被人管。"费斯笑笑说。

"看得出来。"阿信也笑，"你的故事很科幻，也很摇滚。我看过蒸汽朋克的小说，但没看过科幻摇滚小说，你的辨识度很高。"

"摇滚和科幻是我的左膀右臂。"费斯有些无奈，"至少摇滚可以养着科幻小说。"

阿信轻轻摇头，接着打开背包，拿出签约合同："谁说的？你的观念应该要变变了。"

合同摆在费斯面前。他瞪大眼睛，一页页地翻。在签约报酬那页，费斯的视线停留了少顷。上面的数字对公司来说只是个小数，可对签约的新人而言，尤其是跟行业内普遍较低的稿费相比，却很是可观的。

虽然阿信知道，这份精打细磨、彰显诚意的合同条款是容易得到故事创作者的认同的，但他还是耐心地为费斯一一讲解了一番。

"给我几天时间，我考虑下。"费斯听完后对阿信说。

阿信点点头。但是从费斯的眼神中，他知道，对方其实已经答应了。

第二天中午，费斯就打来了电话。当阿信看到手机上的来电显示时，他笑了。

签下费斯以后，阿信和淘淘兵分两路，按照公司规划，提着合同去约见作者。科幻产业尚处蛮荒之时，他们签得快、准、狠，尤其是还未成名的年轻作者——当他们得知有人愿意推广自己的作品并仔细听取方案后往往欣喜若狂，几乎都签了"独家代理"合约。

茅毛的悟性也高，一经点拨，便跟公司外聘的法律顾问成了绝佳搭档，合同草拟和处理风生水起。他们在很短时间里，就迎来了内容储备的丰收季。

大福带领小黑、小白一边研发着App，一边捣鼓出一个技术精良的微信公众号。阿信将故事分门别类，有次序地放进手机的阅读空间。他不想只是堆叠文字，而是想让每个读到故事肉身的人都能感受它的魂魄。所以，他让茅毛找插画师给故事配图，约媒体访谈作家，或收集评论，甚至还找艺术家用漫画的形式来添上几笔。

"用网上的图吧，省钱。"茅毛建议。

阿信摇摇头，说："请插画师来画，开稿费，小说作者也要给。"

茅毛竖起大拇指："壕！"

"壕个鬼！"阿信乐了下，坐正说，"要做个干净的公司。不该花的钱，一分钱都不能多花；该花的钱，勒紧裤腰带也不能少花。"

茅毛鬼马精灵地吐了下舌头。

好故事到底是力大无穷的。新人佳作没有作家明星的光环，却凭借震撼人心的内容赢得了多家影视公司抛来的橄榄枝。特别是费斯的小说，被阿信看作是字里行间的好莱坞大片，《星球规划局》引来了数家影视公司的哄抢。

"战绩不错。"阿飞拿着近期的销售数据来找阿信，说，"费斯的小说卖得最高。看来，你有双能发现金子的眼睛呀。"

阿信微笑着，和阿飞击了掌。可看着销售报告，他马上又陷入了沉思。他觉得签约作者的机制还有完善的可能。

在他们目前的签约形式中，签约金支付的，是签约期内作者出版以外的其他所有权利。尽管在当前，行业不成文的规定都是签下作者的全版权，以实现利益的最大化。但阿信想，作者的稿费或者说版税本来就低得可怜，一笔钱买断很有可能也只是一锤子买卖，很难跟作者形成良性长久的关系。因为对作者来说，他最需要的并不是急功近利、钻营剥削的老板，而是可以与之心心相印的开发者盟友。

"我有个不成熟的想法。"阿信想了想，对阿飞说，"我们每卖出一部版权的收益，都拿出一些点来反馈给原作者，怎么样？"

"是不是对他们太好了？"阿飞皱着眉问。

"不是'他们'，而是'我们'。"阿信答，"好的商业模式并不是一味地索取，它应该是一个共生多赢的生态系统。"

"故事星球"是一家轻资产的公司。他们的商业模式并不是版权的二道贩子，除了有版权交易的收益，对于所有的开发产品，他们都会拥有一定比例的利润分成。阿信甚至想，连利润分成的部分，都应该拿出一些，与作者共同分享。

在阿信的坚持下，签约合同的2.0版本很快出台了。对于已经签约的作者，他都亲自一一致电，并告知他们，这些权益将会以合同附件的形式与其补签。

知道"金子"不只是用来看的，还得留得住，这才是金子般的眼睛。

一次例会，淘淘对阿信说："微光影业那边动作挺麻利，已经成立项目组了，让我们发一份详细的故事梗概过去。是你写，还是我写？"

　　微光影业是《星球规划局》的影视开发方，起家于一个民营电视企业，现在已经发展为集电影投资、制作、宣发和广告于一体的综合电影巨头。它名声在外，实力不容小觑。阿信知道，故事梗概无论长短，这种文本通常都由策划方和开发方的文案人员撰写，可他总觉得这并不是一览故事概貌的最好方法。他想，还有什么比作者自己来执笔更能洞悉故事中的精巧和机密呢？

　　"让费斯来写。"阿信说。

　　"让作者写？"淘淘眨眼发问，"没这传统啊？"

　　阿信笑笑，答："传统都是人造的。"

　　一周后，阿信收到了淘淘转发的作者版《星球规划局》的梗概。他迫不及待地读起来。在被一个电话打断前，他读到了一个精彩纷呈的开头——

　　　　石头的故事起源于一个怪诞的六十秒。在这一刻到来之前，他常常觉得生活如梦似幻——来到某些场景，看见某些面孔，他总觉得似曾相识，却又无迹可寻。

　　　　特别是在梦中。梦中有一张妙龄女孩的脸。粉红色的短发。脸部是依稀可辨的轮廓。他总是做相同的梦。

醒来时，这梦就像晨雾，逐渐烟消云散。

接着，人生山崩地裂的一天到了。一阵剧烈的耳鸣穿过石头的身体。在这六十秒的前半段，他看到路上的行人如同停下的钟摆一动不动地站在原地，鱼缸里的金鱼不再游动，一筐五颜六色的新鲜水果撒满了马路的一角。

世界暂停了。只有他在用眼球惊恐地扫视着一切。

电话响了。石头慌张地拿起。一个女孩的声音。

听着，我没时间跟你解释，这个世界，并不是你看到的样子。

你是谁？石头急切地问，刚才发生了什么？

他们很快就会发现我们联系了你。女孩的声音变得深沉。今晚八点，去帝国大厦的楼顶，那里有架直升机等着你。你要知道，这是最后的机会了。

他们又是谁？一种未知的恐怖将石头包围。

但没等石头问完，电话便挂断了。

很快，世界恢复原貌。窗外传来了车水马龙和人潮熙攘的声音。

石头坐在床上，头忽然一阵剧痛。他变得焦躁了。回想着刚才发生的一切，他怀疑世界，却又不得不相信记忆。

　　终于，拿起电话，他开始联系警局。但号码拨到一半，他就挂断了。

　　走到窗边，他凝望着熟悉的世界，此时此刻，他看不出一丝破绽。难道，刚才的一切只是一个无比真实的梦？

　　这时，街角一群身穿复古黑色风衣的人引起了石头的注意。

　　他们成群结队，整齐划一，成了日常生活里一道不合群的风景。关键是，这群人走进了石头的公寓大楼。

　　女孩的警告隐约在耳边回响。他匆忙穿起外套，跌跌撞撞地离开房间，跑向与电梯相反的方向，躲进楼梯间。

　　在门玻璃的另一面，石头看见电梯的门打开。这群人果真走向了自己的房门。

　　石头看看手表，离八点还差近一个小时。

　　有几个人拿出武器。石头惊慌，弄出声响。一个人转头发现了他。

　　石头掉头，没命地跑。他在楼梯间跳跃，冲出公寓大门。为抄近路，他从一条鲜为人知的小道跑。这条夹杂在摩天大楼之间的迷宫，让他暂时甩掉了追击者。

跑进帝国大厦，一个保安拦住他。我们关门了，没看见牌子吗？

石头咬咬牙。他一把推开保安，朝电梯飞速地跑。电梯门关闭，保安被挡在外面。他来到顶层，那里停着一架白得耀眼的直升机。

粉色头发的女孩坐在驾驶员的位置。发丝随着暗红的天色飘舞。

石头骤然站住。他望着梦中的面孔大惊失色。

快上来，没时间了。女孩大声喊道。

石头回过神。他跑进直升机。

直升机起飞，飞向大都会的边缘，飞向一望无际的天光和云影……

8

魔女的晚餐

匠心带来了好运气。来自科幻迷的人气被好故事极速地网罗起来。在淘淘独创的"花式推广"下，公众号成了科幻圈的新宠，转发量和粉丝数每天都在螺旋式攀升。但阿信也发现了一个问题，由于他们代理的作者大都是新人，故而常常圈内叫好、圈外无声。如果要获得更大的影响力，吸引他们的潜在客户，就得请来掷地有声的人物。

　　阿信心中的第一人选就是蔚星。他是中国最有名望的科幻作家之一，也是学养颇深的大学物理系教授，媒体曝光量很高，代表作被圈里圈外的读者奉为"科幻圣经"。阿信找到了他的微博和邮箱，连发几通私信，却无一回响。

　　也是，阿信明白，云车过海，谁会正眼去瞧一群虾兵蟹将呢？但他不肯放弃，干脆跑到蔚星教授办公室的门口等。好不容易一睹真容，教授听了阿信几句话，就收下名片匆匆离开，理由是"该上课了"。第二次，教授仍以相同的理由挥袖而去。之后，阿信就再也没见过他了。有天下午，高温翻烤着他，困意左右夹击，他大汗淋漓地坐在教学楼的台阶旁睡去了。醒来的时候，面前竟躺着一枚五角钱的硬币。

叹了口气，阿信想，他总算有点同情犯罪题材美剧里跟踪偷窥狂的角色了，原来一刻的偷欢背后居然隐藏着如此漫长的疲劳。

转机出现在四天后。当阿信无意中发现蔚星周末会在著名的城市人文书店"安东尼奥"举办一个讲座时，他决定再闯虎穴。他当天到得最早，但由于没抢到一票难求的预订座位，只能站在人声鼎沸中煎熬。散场时，他使着蛮劲，冲锋陷阵，才穿过书迷坚固的爱，衣衫微乱地来到蔚星面前。

"蔚教授，又见面了。"阿信被挤撞着，避免笑出尴尬，"上次的事您考虑得怎么样了？"

"又是你呀。"蔚星像是见着一颗带刺的毛栗子，语气中潜藏着厌烦和无奈，应道，"得再想想。"

"能不能约个时……"阿信还没说完，就被一只手持书本的胳膊推搡到一边。一条瘦弱的缝隙瞬间就被重新填满了。

当阿信正准备再次冲破人影的藩篱时，他听到了鹿蓓的声音——

"找蔚教授有事呀？"她穿着黄白相间的套裙，双手自然地交错于身前，靠在一片布满落藤绿叶的墙角，目光清新明亮。

"你怎么在这儿？"阿信转过身，拽拽衣角，心中有意外，有期待，还有种隐隐的痛。

鹿蓓领略到了这种故作干脆的弦外之音，一笑化之："蔚教授是我们控股公司的独立董事，我受委托来接他去开会，不可以吗？"

说完，她轻盈地正正身姿，在店员的协助下，带着蔚星坐进停在门口的奔驰商务车里去了。

隔着玻璃墙，阿信看到在半开的车窗里，鹿蓓和蔚星并排坐在一起。他们似乎在谈着某件重要的事情，视线还时不时在阿信身上蜻蜓点水地弹移，让他又愣，又冷。

他回想起与鹿蓓初见时的粗莽，心想，看来迟早还是得还的，代理蔚星作品的计划现在真的要被甩到卫星上去了。

入夜时分，阿信的手机响了。

是蔚星打来的。尽管他的声音疲惫低沉，但阿信听起来却恍如天籁。

"我的作品很多，会给你一个表格，"教授说，"你们选一到两部，我们先试试看吧。"

惊喜像暴雨一般冲刷下来，阿信觉得眼睛和嘴巴都张不开了。

　　"怎么不说话，有问题吗？"对方问。

　　"没问题，这是我们的荣幸。"阿信答。

　　"本来我是不大有兴趣的，这是实话。"蔚星清清嗓子，"可鹿蓓说了不少你们的好话，耳边风吹个不停，说你们的商业模式代表未来。我看，她是你们派来的救兵吧？"

　　电话在爽朗的笑声中挂断了。

　　阿信站在狂喜的旋涡中。但他高兴得并不彻底。因为这喜悦携带着同样剂量的羞愧。他如同一个乳臭未干的小屁孩，曾经拨弄着手中几颗彩色的弹子球，让廉价的自尊心噼啪作响，竟忘了抬头去看远处，伫立着的原来是一座光辉女神的雕像。

　　"嗨，是我。"阿信挠了一晚上头发，第二天才翻出名片，拨通鹿蓓的电话。

　　"打得够晚的呀？"鹿蓓语带笑意。

　　"……谢谢你啊，昨天。"阿信把羞惭硬吞进嗓子，鼓起勇气，说，"一起吃顿饭吧！"

　　鹿蓓回得却很轻快："好呀，我定地方，你请客。"

　　周末日落枝头时，阿信来到约定的餐厅。这是一家位于天文馆旁边的机器人餐厅，在深蓝色和暗粉色的霓虹灯光中，透露着蒸汽朋克时代的迷幻。他走过玻璃地板闪烁的点点白光，就像走在一片星辰中。白色机身的滑轮机器人端着餐盘，带着笑脸的符号，在桌位间穿梭自如，尽管举止有些许僵硬，但不妨碍它们赢得连连好评。他坐在预订的座位上，凝视窗外，那里是桃红和黄金般的霞光所托举的球形剧场的晕影。

鹿蓓姗姗来迟，但阿信觉得眼前的美景值得等候——她穿着玫瑰红的真丝针织连衣裙，黑色的拼料边饰勾勒出细柳腰身，高跟鞋踩在星星上，风吹发浪，空中就开满了兰花和茉莉。她把手包放在桌边，利落地点完餐，在太空音乐中露出歉意的笑容。

"抱歉，路上堵成粥了。"鹿蓓喝了口柠檬水，说，"这顿饭我可是等得很久了。"

"是我该说抱歉，上次的事你别介意。"阿信目光微微下潜，盯着对面杯中的柠檬片。

鹿蓓摆摆手："创业怪咖我见得多了，你的指数不算高。况且我觉得，有性格的人才能过有性格的人生嘛。"

在银色餐盘和金色酒杯组成的世界里，阿信和鹿蓓的话题从"故事星球"启程。他们从创业维艰聊到商业蓝海，在科学怪人和个人怪癖之间笑得人仰马翻，几杯酒水下肚，索性追捕起彼此本该仓皇而逃的人生窘境——鹿蓓说，大学时前男友约她去看电影《哥斯拉》时，她还以为是拉丁美洲某个西班牙语天后的演唱会。

"我承认，我是科幻界的外星人，你女朋友肯定都比我懂，但这并不妨碍我对你们公司的浓厚兴趣呀。"鹿蓓笑得坦然。

阿信却笑得苦涩，他喝了口闷酒，声音干瘪："刚分了，她有更好的人照顾。"

鹿蓓放下酒杯。阿信在她的眼睛里看见了惊讶，也看到了善意。

"说一个你的大梦想吧。"鹿蓓剪辑掉时光的叹息，眨着眼问。

"我呀，特别想在美国的科幻杂志上开一个中国专栏。"阿信又喝了口酒，说，"这梦想够大吗？"

"为什么呀？"

"好小说读太多，就不由自主地想，为啥在世界科幻的中心就没咱的身影呢？"

"你这梦想确实挺大，但是我看呀，大得刚好可以实现。"鹿蓓一脸认真，"这样做，可不仅仅是一个大梦想家在国际舞台上为中国科幻摇旗呐喊。对作者来说，更是多了一个输出端口，对你们来说，是增加了一个竞争优势，也许还能吸引国外的合作伙伴呢！"

"但我英文不太好，沟通起来怕是不太方便。"

"免费翻译就坐在你面前呀。"鹿蓓觉得热情过了头，随即补充道，"当然，你如果信任我的话。"

与鹿蓓打过几次交道，阿信对她的为人是有了解的，但翻译毕竟是件零碎的差事，他怎么好去劳烦一个有工作的人白干呢？

鹿蓓看出了阿信的心思。她想了想，说："其实比赛那天，我也有不对的地方，话说得直了点，你就当我将功补过吧。美国人我多少还是了解一些的。而且，对心仪的团队，我也需要一个常常沟通的机会。以后呀，你多多饭偿就好啦。"

阿信笑着，跟鹿蓓碰了碰杯。

夜幕低垂，天缀宝石，球形剧场的墙体亮起星光般的灯光，微薄的雾霭萦绕着一个月升的王国。他们站在天文台的广场分别。晚风吹拂衣角，阿信觉得鹿蓓站在了一片星云里。

"做公司的人有两种，一种是商人，还有一种是企业家。"鹿蓓临别时对阿信说，"我觉得你很有潜力哟！"说完，她挥挥手，走向了停在路边的滴滴专车。

鹿蓓消失在幽蓝色的雾气中，阿信则转身向地铁站走去。他走在林荫道的斑驳光影中，觉得脚下的路是一条深夜的彩虹。

9

站着的和趴着的

微光影业的项目开发总监郝斌对《星球规划局》的故事梗概赞不绝口。他亲自给阿信打来电话："受你启发，我们有新传统了，采购IP的故事梗概都让作者去写。"

　　"好作者自带好梗概的光环嘛。"阿信说。

　　"精到。"郝斌问，"周四有空吗？跟导演和编剧碰碰。"

　　阿信答应了。

　　挂断电话前，郝斌还加了句："记得带上费斯。"

　　几天后，阿信带费斯来到世环中心。这是城中最贵的5A写字楼之一，微光影业在其中租下了一整层。

　　郝斌穿着POLO衫和灰长裤站在门口，他挥挥手，棕色的皮鞋在太阳下闪光。费斯打量着高大透亮的落地窗，透露出一种摇滚青年的陌生感。

穿过门禁，郝斌收起一张绿色卡，带两人坐上电梯，直通公司所在的二十六层。站在一旁，阿信才恍惚看到，郝斌的黑眼圈上方，白发已经星星点点。

　　走进大门，阿信看到公司墙面标志性的Logo下方有行黑体小字，"今日的微光，明日的巨像"。有些紧张的费斯也在看，阿信轻松地拍了拍他的肩膀。

　　"徐总也想见见你们。"郝斌边走边回头，干练地说，"先去找他吧。"

　　郝斌口中的"徐总"就是徐来。他是微光影业的掌舵者，也是业界的风云人物。阿信没想到，只活在传说里的大佬竟然愿意见他这样的创业小辈。

　　他们横穿了办公区。在坐满人的格子间两侧墙壁，挂着的是一幅幅由微光影业出品、有着傲人成绩的电影的海报。

　　徐来的办公室就在最里面，也是最宽敞的一间。

　　见到阿信和费斯，徐来叫出了他们的名字，这让阿信很吃惊。徐来的语速虽慢，但每句话都能让人聚起神气。坐在沙发区交谈时，阿信甚至都没瞥一眼窗外城市的绝美风景。

　　"现在的电影行业就像个充气娃娃。人人都有个美丽的口号，都在自嗨，但是里子并不实。"徐来看了眼晴空中的浮云，说，"这钱一多呀，人心就乱了。"

阿信思考着。

"很多人把粗制滥造的故事改成一个个强蹭热度的剧本就拍了，还有的公司，开机时连剧本都没写出来。先不说票房高低，你的电影观众没看完就走了，什么影响也没产生，什么延伸收益也没有进账。"徐来靠在沙发上，说，"这也许勉强能叫电影，但是远远不是电影产业。比如说，在国外一部电影的非票房收入占据的是半壁江山，甚至更多。但我们自己的电影呢，票房就已经占比八九十了，更别说那些连收回成本都有问题的电影了。"

"先得念念不忘，才能必有回响。"阿信应道。

"说得好。尽管每部电影都有自己的'命'，但好故事是种在人心里的根，电影只是一种展示的手段。"徐来微微坐起身，看看阿信，又看看费斯，说，"所以我们才需要《星球规划局》。"

徐来语带赞叹。阿信对身旁的费斯笑了笑。

"科幻虽然有点冷门，但是我们愿意探索。"徐来说，"希望能合作愉快。小说我读了，我很看好这个故事。"说完，他伸出一只手。

阿信与徐来握手的时候，他能感受得到对方握得紧实。

没聊多久，徐来就去开会了。尽管谈得短促，但阿信觉得，徐来是一个睿智、开阔的人。

然而，阿信并不知道，接下来的画风将陡转直下。

在通往会议室的路上，郝斌见缝插针地向阿信介绍："制片和导演是多年的搭档，一起制作了不少高票房的电影。"随后，他说了几部电影的名字。

阿信倒是都听说过，也知道这些电影至少是赚钱的。这些嬉闹的小品式电影是当下市场很受欢迎的一种形式，但他没有一部是买票去看的。

这并不是因为清高。阿信甚至认为，喜剧是人类永恒的刚需。他喜欢《喜剧之王》，也喜欢《楚门的世界》。但这些笑中有泪的喜剧无论从哪一方面来看，都不是现在流行的样式。

推开会议室的门，阿信和费斯被阵阵浓烟呛出了眼泪。

"着火了？"费斯问阿信。

阿信摆摆手，咳嗽不断。

郝斌打开窗户，转头干笑，对云雾中的几个人影说："导儿又文思泉涌了吧？"

窗外的清风涌进房间，烟雾淡了些许，椅子上的四个人影渐渐露出尊容。

"这是制片人黄大大。"郝斌介绍。

"大制片好。"阿信说。

"这是导演朱要子。"

"朱导演好。"

"这是编剧金花和银烨。"

"金银老师好。"

当阿信落座，他才看清，原来朱导胖出了他的想象力，赶超"肥猫"郑则仕，直逼"肥肥"沈殿霞。导演揿灭烟头，开口说话，像一座战栗的肥肉山——

"听说你没出过书？"朱导问费斯。

费斯点点头，又低下头。

大制片留着两撇小胡子，接着说："小说改编电影我们也做过几部，但都是卖了几百万的畅销书，有粉丝，有影响，票房也让人安心。"

"费斯这部小说的故事很棒，我觉得比某些畅销书写得要好。"阿信说。

"对，这也是我们要做这个项目的原因嘛。"大制片说，"说实话，要不是徐总亲自推荐，我们很少会关注没有粉丝基础的故事。"

郝斌好像察觉到了什么，他调转话题，问朱导："今天版权方和作者都来了，要不咱们聊聊项目开发的想法？"

朱导发出了一阵轰雷般的笑声，说："咱们不差钱。科幻电影嘛，我可以找来好莱坞最牛逼的视效总监、获过奥斯卡奖的美术团队和蜚声国际的配乐大师。"

"我觉得找到本土的优势和共鸣也很重要。"阿信说，"有些环节，我们自己做得也不差呀。"

"我们当然也不差。"大制片眯眼笑着说，"我们有小鲜肉啊！一张脸就能换来一个亿票房。"

"这样成本会不会太高，反而挤占了最需要资金的部分？"阿信持疑。

但大制片显然没有要听的意思，他跳过这个问题，直接对两位编剧说："你们也说说吧，剧本怎么编？"

"虽然是科幻题材，但也不能不接地气。"扎着辫子的金编剧说，"现在观众喜欢看宫斗和修仙，喜欢爱得死去活来，也喜欢斗得片甲不留，这其中，很多元素都可以借鉴。"

"小鲜肉的戏份也应该加足，这样能够形成舔屏效应。"银编剧补充道。

灯光打在两人的丸子头上，看起来像是一个金角和一个银角。

"不好意思，打断一下。"阿信实在忍无可忍，"《星球规划局》应该是一个天真的故事，我认为我们不应该破坏作品原有的气质。"

这时，朱导的一只大肥手从桌上盖了过来，阿信的手瞬间没了踪影。

"小兄弟啊，天真几斤几两？电影经济的单位是人民币。"朱导说得语重心长，"哥哥我比你年长，这圈里的大风大浪见得多。相信我们的判断，等等两位姐姐的剧本大纲。她们的剧本可是亮瞎过不少投资人呢！"

尽管阿信与朱导详谈甚久，可他发现，作者，特别是新人作者，几乎没有话语权，但是他不能放弃作者和作品的立场。他知道朱导不差钱，钱让朱导站得又高又直，可是精神呢？他看到精神还趴在地上。

因此，这场谈话漫长、艰辛。

天黑了，郝斌赶紧说："先到这吧，一会儿酒桌上接着聊。"

众人起身去饭局。阿信也起身，不太情愿地走出了这浓烟缭绕的黑风山洞。

饭桌上，大制片成了大灌酒师。他长袖善舞地拿着酒杯盘旋在每个人身边，灯光的映照下，他的脸一阵红一阵白，像成鬼的酒徒。

这一天以费斯吐晕在洗手间的马桶旁结束。尽管阿信也被灌得火烧火燎，但他仍然架着费斯，歪歪斜斜地走向了一辆出租车。

在送费斯回家的路上，费斯渐渐有了意识。阿信看到，舞台上容光焕发的摇滚作家此刻变成了一个眼球布满红血丝的黑夜病人。

"以后你别来了，"阿信在车顶灯柔暖的光区中说，"这种场合我去。"

之后的一段日子，阿信在苦苦等待。当他熬到剧本大纲发来的那天，两位编剧姐姐的剧本着实"亮瞎"了他的眼 —— 原本的科幻创意被硬生生地篡改成钩心斗角和虚情假意并驾齐驱的伪青春片，在这里，科幻不是必要的条件，只是一个点缀的噱头。

特别是由于一位当红小鲜肉演员的加盟 ——他一个人将会拿走电影投资的三分之一 ——为了形貌相合，两位编剧将男主角的年龄狠降近十岁，行为举止疯癫痴狂，像中了一种无可救药的"中二"毒。

阿信的眼睛被亮得漆黑一片。

随后，拉锯战开始了。阿信希望保证原作基本精神风貌的建议被一再无视。无论梗概和人物小传改了多少遍，也无论每一遍修改是真枪实弹或花拳绣腿，故事都已经变得面目全非，精神更是荡然无存。

阿信不得不给郝斌打了电话。

"新的反馈收到了吗？"阿信问。

"收到了。"郝斌的声音似乎在刻意压低，"正商量着呢。"

"啪！"阿信听到电话的背景音中传来剧本被摔在桌子上的声音。

大制片暴怒的声音响起："一个八九十线的无名写手，还真把自己当人了！"

阿信听到一阵紧张而急促的喘息。郝斌转移阵地，来到安静的走廊里。

"有些话，看来我不得不说了。"阿信语态严肃而坚定，"只要不违背我个人的底线，很多事，我都可以忍。但是，如果他们这么侮辱我的作者，那我就要跟他们来讲讲理了。"

"别动气，别动气！"郝斌赶紧解释，"这不，剧本一直没进展，大伙儿也都在气头上，都是情绪发泄，他其实没那个意思。"

"有也好，没也罢，我今天听到了，他得道歉。"阿信直言。

"这个嘛……"郝斌语气为难。

"另外，忠于原著，不能做大幅度篡改，是写在合同里的条款。"阿信说，"现在的项目进行方式，是在违反合同。如果按照现在这版梗概拍出来，世界观和价值观都变馊了，改编的意义又在哪里？"

郝斌那边静得出奇。

阿信接着说："有些事，不能让，不管是以什么样的代价。你们考虑下吧。"

说完，阿信挂了电话。

他明白，在这次谈判中，"故事星球"和费斯理应是弱势的。但是，一个普通的作者难道就不该有尊严吗？难道他明知道一件事情是对的，看到强风，就该任凭其卷入错误的旋涡吗？他看到和听到过，不少失去原则和信念的作者和小公司只要拿起这杆妥协的鸦片枪，无一例外都变成了软绵无骨的精神病夫。

这一次，他不会妥协。他要保卫费斯的想象力。

深思熟虑之后，阿信给郝斌发了封邮件，抄送给了徐来。在邮件中，他重申了对合作的渴望，也表达了对现状的担忧，并再三强调了他的立场。

结果听天由命，阿信想，大不了黄了一单生意，他但求问心无愧，绝不能去做一个好故事的杀手。

邮件发出的第二天，郝斌就打来电话了。他告诉阿信，徐来很重视这个项目，并向先前的合作表示歉意，希望能够继续推进项目。

"科幻对国内市场来说，是个新类型，该怎么搭班子，都在摸索中。"郝斌说，"徐总说了，班子重新调整。"

后来，阿信见到了一位新导演小文。这是位本科和研究生分别就读于南加大洛杉矶分校和纽约大学电影学院的高才生，大学时拍的毕业短片还入围过"学生奥斯卡"。初次见面，小文就拿出了十几张故事版的草图，跟阿信和费斯谈故事，码团队。小文对故事的精妙见解和身上的匠人气质让阿信很佩服。

合作以来，阿信和小文的沟通频繁而默契，项目进展得顺风顺水。

有天夜里，小文发来了几张新画的设定草图。阿信回想着《星球规划局》中对应的部分。这部分让他印象极为深刻，他便顺手找出费斯写的梗概，重读起这些段落来——

　　荒原的尽头。落日中的废弃水库。破败的钢筋和碎瓦间，粉发女孩在跳跃。石头紧跟其后。他们走进隧道，穿越伪装，来到一个地下基地。金属般的构造。怪异的空间。都是石头从未见过的样子。

　　推开一扇生锈的绿门，石头看到其他四个人。他用陌生的眼光打量着他们，可他们看他却似乎习以为常，有些人还在笑。络腮胡工程师坐在硕大的屏幕前，屏幕上光点密布。吹着泡泡糖的舞女和壮实的军官站在他的两侧。另一边，坐着西服破洞的大富豪。

众人自我介绍后，石头转头问女孩，你是谁？

我是你妻子。女孩回答。

石头震惊。

她的确是你妻子。工程师缓缓起身说。这是我们第三次来找你，前两次都失败了。

不可能。石头心慌意乱。如果她是我的妻子，我怎么会不知道。

因为你的记忆被删除了。女孩走到石头面前，她眼中闪烁着真情。

被谁删除了？石头问。

它们。女孩指指头顶。每当事情露出破绽，它们就会删除我们的记忆。一而再，再而三。

工程师说，家只是一个谎言，地球也只是一个动物园。除了仅存的几个活人，其余的，都是仿生品，如同鱼缸里的假鱼。

为什么会这样？石头仍然疑惑。

没有人知道。工程师回答他。没人知道它们为什么创造了这个星球，也没人知道为什么只有几个活人。

也许地球早就毁灭了，军官说。它们复原地球，只是把它当成展览馆。

也许我们只是小白鼠，被装在一个模拟地球的观察箱里。舞女说。

无论要干什么，有一点我能肯定，它们中有人想让我们知道这件事。工程师走到屏幕下方的操作台旁。离奇的召唤和诡异的线索让我找到这里。当我学会看懂和操作这台破玩意儿时，我知道，按下这个银色的键，一种干扰波就会从这里散射四处，虚假的世界将会暂停一分钟。"嘭"的一下，光点几乎全消失了，只有七个活人的坐标在闪动。

别看他老气横秋，却是个货真价实的黑客。军官看着工程师，笑着说。

工程师就用这种办法把我们都找到了。石头的妻子说。

别忘了，现在只有六个人，还差最后一个。工程师说。

这机器每次使用耗能巨大。今天给了你，下一个，就得等到蓄满能量时再用了。军官说。

来到基地后，石头意识杂乱，惴惴不安。他无法相信自己的人生如此不堪一击，如此空空荡荡。但妻子一直陪在他身边。她给他讲他们过去的故事，幸福的时光和分离的时刻。讲起每次他被删除记忆后，她与他再次重逢时的欣喜和痛苦。她还给他讲工程师的故事。他从哪里来，是如何找到这里，又怎样艰难地一一找到他们。

石头听得泪流满面。

有天夜里，妻子带石头走向基地深处。

她跺跺脚，金属的回声传来。她指着周围说，这里有一艘飞船。

石头惊奇地看着四下。

工程师说，这架飞船能带我们离开这里。妻子看着石头。

离开这里，能到哪里呢？石头问。

我不知道。也许是回真正的家，也许不是，但至少不是在这个虚假的世界上。妻子回答。她把头靠在石头怀中。答应我，跟我一起走，好吗？

石头双手抱紧妻子，他用手轻轻抚摩她的发丝。

好的，亲爱的。好的。

在黑暗中，石头想象着星空。想象着无从想象的另一种高等文明。想象着藏在苍穹中孤独的真相。

10

彩蛋学

自从认识艾姆，阿信越发觉得，他就像一双蓄满新知的眼睛。透过这双眼睛，阿信总能看到未来的吉光片羽。无论是在他们常常联络的邮件中，还是在不时相聚的咖啡厅，世界的轮廓在他难以言喻的先知语气中不停地放大。

能交到一个不断启发自己人生的朋友，阿信想，真是件喜大普奔的事。

盯着艾姆额头硕大的照片，淘淘眯了眯眼，笃定地说："他肯定是个外星人！"

"我看也是。"阿信笑着说，"恭喜你呀，找到同伴了。"

一次谈天中，艾姆把一沓印刷粗糙的杂志放在阿信面前。

阿信翻着杂志。他看到在青涩和稚拙的纸面上，浮现出新潮的科幻资讯、激荡的科学讨论以及或长或短的科幻小说。

"这本杂志叫《惊奇》。"艾姆拍拍杂志,"是我母校的一个学生科幻社团办的。"

"挺有想法的。"阿信翻了几本,点着头。

"同感。"艾姆说,"前两天回去参加校友会活动,拿了几本,想着也许对你有用。"

望着学生杂志上的科幻小说,阿信似乎想到了什么。

他知道,这一次,艾姆又启发了他。

酝酿了两天,阿信马上开了小会。几本《惊奇》被散放在会议桌上。茅毛简短地介绍杂志后,一张作者名单被阿信放在了桌子的中央。

"我查了下,现在备受关注的新人作家,有一大半在上学时都参加过本校的科幻社团。"阿信看看大家,继续说,"如果我们可以把中国的高校科幻社团都连接起来,给予它们相应的支持,在签约故事和作者上取得某种排他性的合作,故事星球的内容生态将会是什么样子?"

"你的意思,是建立一个线下的高校科幻故事网络?"大福翻着杂志,问道。

阿信点点头,说:"现在,找一个好故事的通常做法是用数据缩小范围,销量、点击率、搜索指数;或者在已经出版和发表作品的作者长名单中一次又一次地淘洗。可是,如果有一天，这张名单只剩下泥沙了呢？"

"你说得对，我们在干一件有未来气质的事情。既然是一家种树的公司，就不能忽视树苗的存在。"大福说。

阿信用手指敲敲面前的一本《惊奇》，说："对这些好故事而言，它们是在数据之外、目录之外的。"

"行呀，脑袋转得够快的。"阿飞笑得灿烂，"大部分的同类公司都在找过去变现，我们是在未来中找惊喜。"

"就像电影结束时的彩蛋。这个蛋告诉你，故事不仅只有眼前的璀璨，还有未来更大的惊奇。"阿信拿起一本杂志，晃了晃，笑道，"只发现惊喜的彩蛋还不够，还应该赋予这种惊喜一种孵化的机制，这就是我希望建立的'彩蛋网络'。"

淘淘挺直腰板，眨着眼睛，伸出双手，说："让我们一起为彩蛋学家鼓掌！"

随后，阿信问艾姆要来了科幻社团社长的电话。

他们很快约好了见面的时间。

出发前一天，阿信对淘淘说："一起去吧。"

"刚好。"淘淘应道，"现如今，大学妖孽多，有我能镇镇。"

第二天，当他们走在元培大学宽阔静谧的林荫道上时，阿信才发现，被镇住的是淘淘。穿衬衫的胶原蛋白少年骑着单车，如风光透过花叶，让淘淘望穿秋水。眼前尽是春光乍泄，他的象牙塔韶光却泥牛入海。

阿信边走边听到哀叹连连。

元培大学是中国排名前三的高校。名声大，地方也大。从东门到相约的校内咖啡厅，他们找了近半个小时。两名社团负责人站在门口等候着。虽然素未谋面，但阿信在人群中一眼就认出了她们——尽管相貌普通、衣着质朴，却有种机器女狱警般的肃杀感。以至于，在开聊的前二十分钟，阿信不断地质问自己，她们是不是真的就是《星球规划局》里的仿生机器人？然而，在谈到资金支持的合作条件时，两个女孩一秒变回了人类。这让阿信终于松了口气。

淘淘滑动平板电脑，向还魂的女社长和副社长展示着合作方案。无论是全资支持《惊奇》的印制，还是一定数额的年度赞助经费，两位女生都显得兴趣盎然。在淘淘妖艳多姿的提案中，两座高耸入云的冰峰融入了春日里的湖光山色。

"社团现在靠什么运营？"阿信问。

"会员会费。"社长说，"但要编杂志、搞活动、办比赛，紧得很。"

阿信看出来了，这是她们第一次跟校外的钱打交道。

"但愿这次合作能帮点忙。"阿信想想，又说，"谈到比赛，我也有个想法。"

两位女生做出洗耳恭听的样子。

"如果你们一家社团搞比赛，确实能调动校内科幻爱好者的兴趣，但是影响有限。有没有想过，可以做得更大一些？"阿信问。

"更大一些？"副社长眼露茫然。

阿信点点头："我了解过，新人很难在专业大奖中出头，而同类的校园奖呢，往往是评完就真的完了。你们看，中国有这么多科幻社团，如果我们把这些社团联合在一起，搞一个全国高校科幻新人奖，是不是更有意义？"

两个女生若有所思地点点头。

"我们想做的，是把好故事和好作者从沉默的大多数中捞出来，精准开发，让沙子里的宝石被更多人看到。这是种精雕细琢的成长，不是稍纵即逝的痛快。"阿信继续说，"况且，这样一来，对同学们来说，不但奖金可以更多，荣誉感更高，活动也能更加有滋有味。"

"也许，最后会变成一场高校科幻的嘉年华呢！"淘淘两眼一亮。

社长想了会儿，说："学生科幻迷的积极性都挺高，应该能行。全国性的活动肯定比社团自己搞更能吸引人。"

"如果真的变成嘉年华，可以让被选定城市的高校社团联合主办。"副社长说，"其实虽然学校不同，但平日里，科幻社团之间或多或少也是会互相联系的。"

"很好的提议。"阿信对淘淘说，"先记下来，回去细化。"

接着，阿信又与对方确认了相关的协议框架。框架清晰，双方诚恳，两位女生相互交谈了几句，便答应了。

随后的聊天变得轻快松弛。社长说，她不但是科技与科幻的真爱粉，在生活中，她也在和志趣相投的人寻找爱的边界。

"爱和任何事物一样，都是需要想象力的。"她说，"如果你觉得一件事物很美好，为什么一定要赋予它性别呢？"

她告诉阿信，去年开始，她准备成立一个泛性恋的学生社团"光谱"。因为她觉得人们其实并没有完整和实在地了解爱这件事，真正的爱像一张无法言喻的光谱，每个人都在不同的光区间游移，并不是只有男人和女人这两个绝对的坐标。有校领导担心"光谱"会发展成一个学生邪教，因此申请至今都没能审批下来。

"没名没分，也得追求真理。"她说，"作为一个无照经营的地下社团，我们仍然找到了不少同类。"

副社长看看手表，说："对了，一会儿有个讲座，是'光谱'张罗的。你们有兴趣来听听吗？"

"来听听吧。"社长也盛情邀约，"科幻社团的很多人也去。"

"那就去听听。"淘淘看起来求知若渴，"感受一下爱的大爆炸！"

阿信笑笑，说："就知道你想去。走吧，就当作对年轻人的田野调查了。"

当他们走进讲座教室时，已经人满为患。阿信没想到，这么多的少男少女都渴望对爱的科学探究一二。地上站满了双脚，还好有人为他们预留了座位。

讲座嘉宾是位中国著名的两性研究学者，慈眉善目，气韵温婉，像是一位女菩萨。她语调柔缓，观点却锋芒万丈，仿佛身后伸出百千只手臂，告诉听者，在爱面前，众生平等。

阿信一边听着这位奇爱博士的谆谆教诲，一边观察着聚精会神的年轻听众。他想，代际的更迭确实能带来人的变化。这种变化在于逐渐理解人的复杂性。因为有了这种理解，内心生活便有了涟漪，便有了深刻的可能。他很难想象，如果时光倒回二十年，此刻的场景依然能够重现。人，其实是被观念拼贴的物种。

"嘿，她讲得真好，很科幻。"淘淘对阿信眨眨眼，一副英雄所见略同的样子。他奋笔疾书，记录着爱的箴言。

爱，也许真应该是一件很科幻的事。阿信看到，人们自以为是的边界是怎样在学者的金玉良言中模糊、消解，最终拨云见日，一览奇观远景。他想，商业也是同理。生意的做法，千人千面；商业的模式，永无定论。商业创新难道不是不断地去模糊已有的边界吗？

两性学者带给阿信启示，让他确认了自己的商业信仰。他也知道，当事物的边界变得模糊，自我保护的本能会诱发恐惧，让它看起来就像一劳永逸的世界中出现了裂痕。这裂痕，对投资人来说，很可能被归于风险。但万物皆有裂痕。

在阿信看来，那是光照进来的地方。

11

王国之心

在与理想并驾齐驱的日子里，时间并不是个实体性的概念。阿信过得日夜难分。会议茶歇的十分钟，可能就是一个最温柔的夜晚；凌晨三点的深夜食堂，新一天的曙光便已呼之欲出。时间亦敌亦友，阿信只能尽心雕凿。

　　一个下午 ——对已经连轴转了四十八个小时的阿信来说，仍然是群星闪烁的春夜 ——喧嚣的声潮将他生硬地撞进梦醒时分。他从桌子上爬起来，揉揉眼睛，打了个像一个世纪那样长的哈欠。

　　他感到渐渐清晰的世界正变得诡谲，气氛恍若凶神恶煞。

　　"别人的天都塌了，你倒睡得稳如泰山呀。"淘淘松鼠似的，跳到阿信面前。

　　"怎么了？"阿信问得慢条斯理，声音像块钝钝的磐石。

"警察来了！"淘淘眼睛瞪得圆亮，"'西天'的核心层都被带走了。"

　　阿信站起身，朝刺眼的日光灯海望去。海的另一边，"西天"团队的工位空了几乎一半。他听钱正义说过这个手游公司，他们开发了几款游戏，下载量惊人，赚钱速度更让人瞠目，一笔大额融资正在前方热情地向这个吸金利器挥手呢。

　　"怎么真给人送上西天了？"阿信纳闷了。

　　"听说又是涉黄，又是侵权，问题多得跟个马蜂窝似的。"阿飞也来了，他显然打听了一番，"创始人清点了盘缠，想颠儿，在机场给逮回来了。其余的，喏，今天一网打尽了。"

　　"起初我还当拍警匪片呢，琢磨着怎么来这儿取景了，咱这儿怎么看，也不像一土匪窝啊！"淘淘惊魂未定地说。

　　没消停几天，具有灵异气质的集合铃声又被钱正义拉响，空袭警报一般回荡在办公区的上空。这是所有公司负责人集会议事的标志。

　　第一次听到这铃声，阿信带着他的小伙伴就往外跑，但跑着跑着，他就慢了下来，因为既没有硝烟，也没见地裂。人力资源部的卷发姑娘一把拦住他，喊了句："我们都没跑，你跑什么呀！"

　　集会和每次一样，在地下的室内篮球场。钱正义站在球场中心，拍了几下劣迹斑斑的篮球，就把它扔给一旁的孵化器总经理。钱正义示意后，阿信和其他团队的负责人稀稀拉拉地坐在观众席上。

"你们坐得松散，但精神一定不能散。"钱正义的脸上没有一丝笑意，"前几天的事，想必你们都知道了。我想，'西天'给我提供了一个很糟糕的反面教材。"

总经理像是校长身后的教导主任，不断地点着头。

"再聪明的家伙，如果有个坏灵魂，那就是颗隐形的原子弹。"钱正义环视着所有人，说，"对公司来说，它的灵魂就是企业文化。公司之道，取法其上靠文化，取法其中为制度，只懂小聪明、钻空子，那是下下策。"

说完，钱正义对总经理点点头。

总经理上前两步，提了提嗓门，说："钱总针砭时弊，讲得深刻在理。我们每个创业者都应该谨记文化之魂对于企业之重。经钱总提议，孵化器管委会准备举办第一届企业文化大赛，希望大家踊跃报名……"

"别踊跃踊跃的。你们记住，每个公司都必须参加！"钱正义打断了总经理，"优胜者有大奖赏，要是歪瓜裂枣，这里就不伺候了！"

阿信知道，"西天"的人被抓，钱正义也是掉了肉的。他的义愤填膺和振振有词，让坐在这里的创始人心中都打了战。他们脸上的青红绿白，仿佛是那天见到警察时才会有的。

威慑当然能起作用，因为没人愿意被扫地出门。

随后的几周，每个团队都摩拳擦掌，把企业文化挂在嘴边，到处是一派力争上游的景象。真懂的，假懂的，中规中矩的，疯疯癫癫的，看起来是的，看起来像的，全都熔于一炉，花开万朵，光芒四射。这血气方刚得太过有模有样，阿信反倒觉得不自在。

这次比赛像只披着羊皮的狼，笑里藏刀地盯着每家公司。它分为初赛和决赛两个阶段，初赛为创始人演讲，复赛为集体节目，无论前者还是后者，要求都只有一条：要能体现团队对企业自身文化的理解。有人是奔着冠军的二十万奖金去的，但更多的人，则是使出浑身解数，以免落入钱正义的屠宰场。

"故事星球"的文化阿信自然是熟悉的。在他心里，这是一个纯真、理想和真挚的国度。对于一个王国来说，美好的心灵就像一把钥匙，能够去打开更多的星空。而那些心已衰亡的王国，阿信觉得，只不过是一台轰隆不止的机器罢了。

初赛的时候，阿信摒弃了长篇累牍的说教，而是用日记体的故事，把公司成立以来，象征着"王国之心"的点滴娓娓道来。这些熠熠生辉的时刻，让他讲得十分动情，也将他的团队毫无悬念地送进了决赛的名单。

"单枪匹马换群英荟萃了，有什么想法吗？"决赛筹备会上，阿信问。

"反正别跟'黄蛋'那帮人一样，搞什么励志操就行。"茅毛撇撇嘴，"看得人毛骨悚然心惊肉跳的。"

阿信想起来，"黄蛋"也入围了决赛。有天，他们每个人穿着黄色连体服，前胸后背围着一个球状物，如同一根黄筷子插在圆鸡蛋上。他们喊着团队口号，放着辣耳朵的音乐，整齐划一地做着怪异的操。一时半会儿，阿信都没认出来。

"唱首歌怎么样？"大福说，"有文化信仰的音乐，简约但不简单。"

"我同意。"阿信想了想，说，"五月天有首《我心中尚未崩坏的地方》，唱这个怎么样？"

"听过听过，词写得特好。"茅毛春风满面。

"只唱歌似乎还差点什么，文化应该是从内到外的，最好服装上也能有些不同。"阿信又想想，说，"日本有个团体叫'明和电机'，卖自己研发的创意乐器，他们的成员从穿着到产品都独树一帜，创造着属于自己的纯真年代。这种画风，我很喜欢。"

"看过他们的现场演出，真是一群有理想的疯子！"淘淘眨眨眼，说，"直播的时候我天天得跟衣服打交道，服装的事情交给我吧。"

"是不是还得找个专业人士给排练排练？"阿飞问。

"还用找吗？"阿信看着手边一沓《星球规划局》的剧本，"有现成的啊。"

几天后，"音乐教练"费斯站在地下篮球场的角落，演示着歌曲的情感，纠正着错误的发音。阿信和小伙伴们人手一份歌词，竭力踩着节奏，耳畔交织着婉转之音和鬼哭狼嚎。

听了一会儿，费斯微微皱眉，按停了伴奏。

松散的队伍中，清嗓子的声音此起彼伏。

费斯看看大家，想了又想，说："这样吧，比赛当天，我让乐队的人来现场伴奏，这样更有劲儿，也更符合你们想表达的东西。"

"很棒的主意。"阿信说，"你们在这儿，我们心安。"

"但歌还得刻苦练，走位也得下功夫记。"费斯笑了笑，"乐队只是花，你们才是锦。"

这时，"黄蛋"的职员挺着圆滚滚的"肚子"也来排练了。他们排着队，依次走过阿信周围参差不平的音区。

"这是组团唱跳呢？"一个矮瘦的眼镜男孩对同伴说，"一堆老弱病残还想当AKB48？"

淘淘听到了。这次，他没压住火。他冲上前，对嚼着舌根的球形背影大喊："那也比你们一群屎黄色的葡萄球菌强！"

决赛当天，阿信带队走进赛场，像是走进了马戏团——身穿"铁纪"特警制服、手持假枪的团队，涂脂抹粉并挥舞着彩带的团队，一身葬礼般的黑西装并不苟言笑的团队，当然，还有像"黄蛋"这样的巨型菌群团队……各路神仙，各方鬼怪，全都会聚一堂，座席中的钱正义正欣慰地检阅着这一切。

阿信和团队里的其他人一样，穿着淘淘定制的天蓝色校服和白色回力鞋，穿过这混乱的人世间。这套衣服让阿信看到了理想最初的样子，让他心旷神怡，以至于轮到他们上台时，阿信能感觉到自己脚下生风，青春无敌。

乐队的前奏响起，乐手们掀起音浪。阿信和台上的所有人一起，都被这热浪所鼓舞、所引领、所陶醉，直至与它融为一体。他听到心中的歌声正在整个赛场回荡——

当人心变成市场

当市场变成战场

战场埋葬多少理想

回想着理想

稀薄的希望

走着钢索

我的刚强

伟大和伪装

灰尘或辉煌

那是一线之隔

或是一线曙光

每个孤单天亮

我都一个人唱

默默地让这旋律

和我心交响

就算会有一天

没人与我合唱

至少在我的心中

还有个尚未崩坏的地方

　　表演结束，阿信和他的梦之队一起鞠躬。他拉着两边的
同伴，仿佛能听到对方的心跳。他喘着粗气，默默感叹歌词写

得真好，"故事星球"难道不就是他们心中那个"尚未崩坏的地方"吗？

　　然而，现实却崩坏得又快又狠。当钱正义宣布获奖名单时，"故事星球"不仅与冠军无缘，连前三名都没进。看着以改编"西天"被抓事件而获奖的雷人小品团队走向冠军的领奖台时，阿信知道，他们其实是走向了钱正义的心坎里。

　　等到赛场变得空空荡荡，阿信和其他人一起躺在地板上。有人撕心裂肺地吼了几声。费斯望了会儿天花板，又转头看旁边的阿信："其实在唱完这首歌的时候，你们就已经是我心中的冠军了。"

　　阿信笑了。其他人也都笑了。谁都不舍得脱掉这身衣服。

　　他们不知道，此刻黄昏正在穿越外面的城市，与他们心中的景色一样美好。

12

疯狂的劳励士

有时候，创业带给阿信的感觉就像一场没有尽头的马拉松，他只能跑啊，跑啊，跑。跑到天昏地暗，跑到荒无人烟，跑到意冷心灰。尽管跑得风沙遮眼、雨雾森森，但想想陪跑的战友，他还是得变回一个小太阳。

　　在公司，阿信不遗余力地发光发热；回到家，这种无以名状的苍茫却像条蛀虫，常常将他在午夜碎梦中咬醒。

　　"你会不会也有这种蠢茫蠢茫的感觉？"一次，阿信问艾姆。

　　"创业就是唐僧取经，你过的每一天，走的每一步，都是在历劫修行。"艾姆一脸感同身受，淡淡地笑道，"别蠢茫了，创始人要学会带着信心去健身房！"

　　说完，艾姆递给阿信一本展商手册。

"有空来看看吧，挺好玩的。"艾姆说，"给心情换换气。"

封面上，"FT Expo"几个英文字母瞬时映入阿信的眼帘。这是世界最负盛名的"未来科技博览会"的缩写。每一年，主办方都会严选全球一流的创新型企业并邀请其参展，其中不乏卓尔不群的创业团队。

博览会的入选标准苛刻至极，简直刻薄。由于在业界极具影响，参展公司本身便带着一种无形的光环。展会今年将首次在中国举办，恰好就在阿信所在的城市。他翻着手册，看到艾姆的项目赫然在列。

一番热烈的祝贺之后，身为如假包换的科技迷，阿信决定赴约。

晚上回家，阿信又拨通了鹿蓓的电话。

他把展会的消息告诉她，不仅是因为科技是她的投资领域之一，还因为她在面对与未知有关的事物时有种让人怦然心动的阔达。

"有赠票，一起吗？"阿信问。

"好呀，未来少年！"

展览当天，阿信与鹿蓓在场馆门口见到了艾姆。艾姆将两个胸牌挂在他们的脖子上。三人穿过安检，边走边聊，融入了波涛滚滚的人潮。

会场上，五光十色的广告牌在阿信的目光中横冲直撞——基因科技、人工智能、虚拟现实、智能出行……每个公司仿佛都是未来的代言人，所有的展位好像都在讲述着惊世骇俗的真理。阿信被大千世界里的繁花迷了眼，走了一段，顿时觉得晕头转向。他拿出一瓶矿泉水，大口咕嘟，给自己醒醒脑。

"那边挺热闹啊。"鹿蓓指着一个人满为患的发布会场地说。

"是个做VR的，说是一会儿要推出个划时代的眼镜。"艾姆看了看。

"你们认识？"鹿蓓好奇地问，"项目怎么样？"

"认识。项目还行，毕竟VR是风口，"艾姆表情有些苦，"人嘛……"

这时，一个留着爆炸头，戴着黑墨镜，穿着黑衬衣的男人叫了声艾姆的名字。他摇摇摆摆走过来，边挥手边笑，像个嘻哈歌手。阿信看见他露出一口黄牙。

"想什么，来什么。"艾姆笑着皱起眉，介绍道，"这是天雷VR的创始人雷袭袭。"

"好久不见！"雷袭袭拍拍艾姆的手臂，抖着腿，忽然像贼一样把头伸到艾姆耳边，小声问，"听说软金资本要投你们了？"

艾姆推开雷袭袭，笑笑："谁说的？小道消息。"

"不过，我们倒是钓到了一条大鱼，备忘录都签过了。"雷袭袭抖得更厉害了，"没办法，现在的钱都追着VR跑，躲都没地儿躲。"

雷袭袭自顾自地发出一阵癫狂的笑声，都快抖散了。阿信不知道，他这是生理障碍，还是一定要嘚瑟出一副趾高气扬的样子。

"这位美女是？"雷袭袭目光跳过阿信，直勾勾地盯着鹿蓓。

"银杉资本，鹿蓓。"美女答得利落。

雷袭袭摘下墨镜，露出芝麻小眼。他笑意盈盈，和鹿蓓握手，交换名片。

"这是阿信，正在做一个故事公司。"艾姆试图把跳跃的目光拉回来。

雷袭袭皱皱眉，收起笑脸，重新戴回墨镜："故事公司？抱歉，名片刚好用完了。"他快速地合上名片夹。但阿信已经看到，那里还有满满一盒。

"我正式邀请鹿美女参加我们的VR眼镜发布会。"雷袭袭又变了脸，笑得油光满面，"相信银杉这样的一流机构一定会感兴趣的。"

说着，他转过身，指了指演示台上挂着的一副泛着黑光的眼镜。

"咔嗒——咔嗒——"

忽然，一只半人高的机器狗径直跑了过来。受到惊吓的人群纷纷向两边撤散。这狗冲上演示台，耳朵刮走了那副眼镜。狗带着眼镜，一路颠簸，向更远处跑去。

雷裘裘的脸"刷"地绿了。

他大呼小叫，呼朋引伴，上气不接下气地追着狗尾巴跑。只见那狗笔直地跑向一个高台，在边缘处停了下来。铝制的机身前后晃动，挂在耳朵上的眼镜摇摇欲坠，随时都有可能掉下摔得粉碎。

雷裘裘站在下面。狗向前晃，他也向前晃；狗向后摇，他也跟着向后摇。

"样品就这一个，你敢摔一下试试！"雷裘裘暴跳如雷，破口大骂，"这是谁家的畜生？"

"不好意思，不好意思！"人群中跑出一个头发半白的男人，看上去约莫五十多岁。男人拿着遥控器，半红着脸。他跑上高台，取下眼镜，交给雷裘裘。

雷裘裘双手捧着眼镜，交给助手。他一脸怒火，但看看手表，发布会迫在眉睫，便指着正在鞠躬道歉的男人，边跑边喊："糟老头儿，我记住你了，你等着，这事没完！"

看着雷袭裘渐行渐远，这男人才长舒了一口气。

"哎，小心！"赶来的阿信一把将他拉到旁边，两人一崴脚，都坐到了地上。

"哐当"一声，只见这只机器大狗从高台上掉了下来。

"谢谢啊。"男人在阿信的搀扶下慢慢起身。他晃晃悠悠，看来崴得不轻。

一旁的鹿蓓和艾姆把倒下的机器狗扶了起来。

"我们送您回去吧？"阿信说，"展位在哪儿？"

"不远，就在前面。"男人点点头，一脸谢意。

当他们把男人与狗送到指定的位置时，却发现那里是一个智能汽车的展位。这家公司的创始人叫老黄，是个皮肤棕黑、面生和气的男人。见到狗的主人一瘸一拐，老黄赶紧过来将他扶上座椅。

"劳哥，又去哪儿折腾了？"老黄递来一罐可乐。

老黄又看看站在一旁的三人，转身要去再拿可乐。

"不了，这就回去了。"阿信说。

"喝点东西再走吧。"被称作"劳哥"的男人抬起头，眼中闪烁着某种阿信愿意为之停留的东西。

这位"劳哥"真名劳励士。虽然年过半百，却是个创业狂人。他屡战屡败，又屡败屡战，像个挥着战旗的老少年。经历过大起大落，但他始终坚定不渝地在仿生智能机器人的这条道路上摸爬滚打。他跟老黄有过命的交情，所以即使被"FT Expo"拒之门外，他也能想到办法，不让他的宝贝与这空前盛况擦身而过——

在老黄的展位一隅，立着个易拉宝，摆着把折叠椅，这就是劳励士的小天地。机器狗失控前，它亮着炯炯有神的灯泡眼，对往来的人群显出一种威严。劳励士坐在那里，坐在他的理想旁，像一块黑白的碎片掉入了五彩斑斓的世界里。

阿信和其他人一起喝着可乐，听劳励士讲过去的故事。这些故事，有时让他忘情忘我，有时又让他笑得难过。

"不少人说劳哥是疯子。"老黄说，"但这股疯劲儿，是我最欣赏的地方。"

"一个人呀，要疯狂到相信自己能改变世界，他才真的有可能改变世界。"劳励士说着，将手中的可乐一饮而尽。

阿信听着创业老兵的故事集，丝毫没有感到时间在流逝。因此，当一群安保人员气势汹汹地站在他面前时，他一时半会儿没回过神来。

"谁是这儿的负责人？"领头的人问。

"我。"老黄站了起来。

"接到举报，说你这有人蹭场。"这人的语气就像钢筋一样硬，他环视了一圈展位，看到了劳励士的易拉宝和机器狗。走过去瞄了瞄，他问身边的同事，"有这公司吗？"

身旁的人翻翻名单："没有。"

"自己走，还是帮你走？"领头的人转身问劳励士。

劳励士垂着头，没言语。

"行。"领头的人脸一横，对自己人说，"搬！"

穿着制服的保安开始拆易拉宝，搬机器狗。

"别碰我的狗！"劳励士忽然站起来，声音高亮，冲向他们。

几个人一把拦住他。崴脚的痛还没过去，他跌倒在地上。

"干什么呢，有这么对人的吗？"阿信跑过去，扶劳励士起来。

"没规没矩的，你们倒有理啦？"领头的人丝毫没有歉意，反而有种得意。

老黄想来理论，劳励士却拍拍他的肩膀，让他退后。他看了眼不依不饶的保安，声音有些喑哑，低着头说："自己走。"

他弯着腰，收起易拉宝，挂上后背。然后，他抱着机器狗，摇晃着，缓缓地向大门走去。人群也这样缓缓散开，如同目送一辆灵车。阿信看到，雷裘裘正站在人群的一角凶狠地笑着。

日光像河流，铺荡着离开的道路。劳励士的背影在不停地颤抖，宛如风雨飘摇中的浮萍。他的步伐很慢很慢，抱狗的手却很紧很紧。

阿信的心也跟着这悲壮的影子一起震颤着，眼眸之间蓦然有了湿气。有一瞬间，他觉得走在那里的人仿佛就是自己。他大概一生也不会忘记那双紧紧不愿松开的双手。他不由自主地走上前，走到劳励士身旁，和他一起抬着机器狗。他们相视一笑，然后隐入了门外的灿灿骄阳。

劳励士走了，疯狂却留在了阿信心里。它像一团幽蓝的火，烧得噼啪作响。展会的一整天，阿信都笼罩在这片火光中。它似乎驱散了心中的孤寒，融化了跋涉的劳顿，让他沉重的部分变得轻柔起来。

他告诉自己，要记着这团火。

展会精彩纷呈，临走时，阿信的脑袋和心里都沉甸甸的。他看看鹿蓓，她的脸上也有同样的满足。

"雷裘裘让我问问你，有没有兴趣参观他的公司。"艾姆苦笑着问。

"不用了。"鹿蓓摇摇头，说，"投资先投人。"

阿信正要跟鹿蓓离开，老黄跑来了。

"要不要试试我们的无人驾驶汽车？"老黄笑笑，"谢谢你们帮劳哥，也没什么谢礼，就让黑科技送你们回趟家吧。"

这意外的惊喜，让阿信和鹿蓓都兴致勃勃，他们欣然答应。

老黄带他们到展区外的停车场。那里停着两辆智能汽车，一蓝一黑。蓝的开着车门，黑的窗门紧闭。

"选蓝的吧。"鹿蓓说，"理想的颜色。"

阿信笑着点点头。

老黄将简单的操作演示一二，他们便握手告别，坐车离开了。

然而，直到半小时后，老黄才意识到自己犯了个大错误。他一拍脑袋，恍然大悟，愁眉苦脸地对合伙人说："他们选的那辆还是个一站式的调试品，只能去远郊的陵园！"

13

价值与估值

蔚星的作品来了，有名的作者也就多了。从圈内到圈外，"故事星球"的关注度一路水涨船高，这就是阿信如愿以偿的"流量"。主动出击变得更加从容，被动收获又惊喜连连，面对富饶的故事矿区，阿信还是常常把"必须要有我们的标准"挂在嘴边。

有一天，阿飞把一份厚重的市场调研报告摆在阿信面前。

"版权销售的事，我摸得差不多了。"阿飞用手指弹弹桌角航海王的手办，说，"可以出海了！"

"等等，看看这个。"阿信拉开抽屉，抽出一本宜家的促销画册。

阿飞接过来，一头雾水地翻着，没法把北欧家具和科幻小说联系起来。

"一份写满字的说明书和赏心悦目的画册，你觉得哪本更好理解？"阿信问。

"当然是画册。"

"对，故事是抽象的，画册却能给人一种直接有效的印象。"阿信说，"不能直接把原料丢给客户，成分再浑然天成，它也是产品，也需要设计。"

阿飞眼前一亮："好主意呀。以前我总觉得，卖故事就只能背着一箩筐的文字行走江湖呢。"

"这就是体验。"阿信想了想，接着说，"让淘淘去写最牛逼的文案，去请最酷的设计师，另外，我们是个跟科幻沾边的公司，应该有未来感的信息传播理念。"

他指了指电脑屏幕上一个打开的PDF文档。

"无纸化，对吗？"阿飞贼笑，"省钱，还能提倡大家都做一个绿色的地球人！"

阿信在尝试着建立自己的标准。在他看来，这些做事的基本，也是盛放公司性格的魂器。

不久，五彩缤纷的电子故事画册就在阿飞的拓展销售渠道中翩翩起舞了。阿飞的电话开始多了。阿信看见来自影视行业的客户蠢蠢欲动起来，都拿起了各自的捕蝶网。对于其中带着迟疑、忧心忡忡的目光，阿信往往会和阿飞一起，带着淘淘出挑的PPT上门拜访，在对故事开发尽可能丰富的讲解中，驱赶对方心中的阴霾。

某日，当阿飞兴高采烈地告诉自己，蔚星的小说版权以令人满意的价格卖给一个影视巨头时，阿信确信，他坚持的标准和风格已经与商业市场产生了奇妙的反应。接二连三的好消息仿佛是水到渠成的事情，他在一份份版权合作协议上签字，递出一个个旧名字，迎来一个个新名字。虽然合同还不算多，但他意识到，"故事星球"开始有持续的收入了。

在工作汇报的电邮回复中，阿信收到了钱正义热情洋溢的祝福，也听到了激情燃烧的声音。一个下午，钱正义发来微信："晚上见见，我有个好消息。"当时，阿信还不知道，这个"好消息"对他来说，却是晴日里的一声闷雷。

晚餐后，阿信如约来到附近的星巴克。在他的印象中，星巴克是人满为患的另一种说法，但此刻的咖啡厅人影稀疏，阿信想，这大概是在给钱正义即将带来的大好消息让位吧。

钱正义一如既往地迟到了。他端来一杯榛果拿铁，拍拍身上的疲惫，精神抖擞地坐在阿信对面。他的表情似乎随时能够扬起笑容，有种好事将近的样子。

"最近你们干得不错，进展挺快。"钱正义略微眯起双眼，说，"但我想，可以更快！所以，我给'故事星球'拉了一单极好的生意。"

阿信洗耳恭听。

"文创产协有个大型原创漫画赛事，今年的主题是'幻想纪元'，会有不少科幻漫画。"钱正义笑意盈盈地说，"我跟协会秘书长是兄弟，所以帮你们争取了一个赞助名额。"

"您的意思是，通过赞助，去拿版权？"阿信问。

"就是这个意思。你想啊，我们的故事越多，将来的价值也就越大！"钱正义答。

阿信明白，对方口中的"价值"是戴在"估值"脸上的艺术面罩，也是堆放在融资机会上的塑料筹码。但他又分明记得，对面坐着的，不应该是一位种桃养树的人吗？

"我们的商业模式，应该建立在文学转化的基础上的，这样成本和风险都是可控的。"阿信感觉航道在偏移，试图拉正船帆，"但漫画是另一种艺术创作形式，创作的工序更为复杂，判断故事优劣的时间成本和人力成本更高，风险也更大。"

"人不够，可以招。时间长点，就等一等。模式这种东西，也是探索出来的嘛。"钱正义语气轻松又笃定，"这回比赛排场大、关注度高，这兄弟说了，科幻单元的获奖作品，版权都归咱们。而且他还会重点推荐几个漫画家，赛前你就可以跟他们联络联络。"

"您是指提前介入漫画家的创作？"阿信反问，"可隔行如隔山呀？"

"不去打打山那头的牛，你怎么知道自己的能量有多大呢？"钱正义笑笑。

"可这样一来，我们的模式会变得含混不清……"

钱正义将笑容收敛了不少，只剩下一种礼仪性的装点。阿信看得出，这是一种对方始料未及的不悦。董事长接着说："别轻易就说模式模式的，年轻人要学会拥抱新事物，你不是总提创新吗？就像你提的国际杂志合作方案，其实我也不太赞同，因为创造的价值很难估量，但我还是觉得你该试试。"

"这两件事不太一样……"

"好了！"阿信终于在对方的脸上看见了乌云，钱正义打断阿信不领情的句子，胸有成竹地说，"我也有个文化梦，想为'故事星球'做点贡献，是不会帮倒忙的。事情我已经谈定了，这是个绝佳的机会，一定要好好把握！"

几天后，一张数目不菲的支付申请单被茅毛放在了阿信手边。

阿信会在这张没有事先商量的"文化梦"上签字，除了暗示感谢，也愿意去相信一次，相信钱正义对文化的自信。这种自信常常笼罩在他的周围。虽然他对这种来路不明的自信也有过疑虑，但好歹他们正在搭伙，有时信任比事更重要。

阿信写了一份漫画产品经理的职位要求，给茅毛发了邮件。

"要个全职的吗？"茅毛问。

阿信想想，答："先找个兼职的吧。"

过了几周，阿信带着几经筛选的漫画业务大拿老金一起去见文创产协的熊秘书长。老金是当年中国漫画"四大台柱"之一《卡漫大王》的资深编辑，也算见证了国产漫画崛起的一半历史。老金人很先锋，浑身落满刺青。当阿信带着他站在秘书长的办公室门口，秃顶的领导吓了一跳，以为是来寻仇的。

熊秘书长呷口大红袍，压了压惊，请阿信和老金入座。秘书提着暖水瓶前来上茶。秘书长简短寒暄几句，就打电话叫来了牛主任和马主任。即使坐了五个人，房间仍显得绰绰有余。

"赞助金已经收到了，钱总真是天生一双慧眼呀。"秘书长笑眯眯的，"这次的漫画比赛规格之高、规模之大，历年罕见，你们可算是押对宝了。"

牛主任头点个不停，马主任顺势递来一份印有赞助商的海报打样。阿信一看，差点一屁股滑到地上，密密交织的赞助商至少有三十家，他一时半会儿都找不到"故事星球"的Logo。

"这次我们主打幻想概念，分成魔幻、玄幻、奇幻、梦幻、科幻这五大领域。"熊秘书长端着茶杯，脸前雾气环绕，说，"你们能选科幻这个小众领域，说明你们眼光独到。"

谈聊少顷，秘书长就以开会为由，将其余的对接工作交给了下属。

两位主任带着他们来到一间狭小的办公室。牛主任从文件夹里抽出一份名单，马主任则解释道："这十个漫画家都是协会常年考察和培养的行业精英，也是这次比赛的夺奖热门，我都打过招呼了，你们有什么想法，赛前可以直接找他们沟通。"

接下来的几天，阿信和老金拿着这份名单和两人商量的创作要求，马不停蹄地挨个拜访。有的登门多次，真身难见，在各国参加艺术活动，却托工作室转达，作品会按时按质完成。老金嘴一撇："环游世界还能'按时按质'，是有'任意门'还是有其他的手？"有的热情宴请，活力四射，记下所有要求，但最终传来样稿中的机器人却是山东大妞的样子；还有的桀骜高冷，当老金针对分镜和线稿提出几番修改意见后，便没了然后，阿信着急地打电话去问，助理回复：老师玻璃心一颗，精神崩溃，已经晕倒在工作台前了。

一天，老金又抱来一堆样稿。他叹口气，把一张张写满批注的画稿放在桌上。

"都快成刺青师傅了，"老金苦笑，"成天在纸上刺红。"

阿信翻了几张满目疮痍的稿纸，想了想，说："再好的功夫也抵御不了千军万马，选几部作品重点跟进吧。"

当天，阿信给钱正义发了邮件。他说明了情况，告诉对方有限的精力集中在相对有限的精品上才是上佳之策。

钱正义在回复邮件中彰显了谨慎的理解和别样的热情。这种热情，自他使"故事星球"位列蚁群般的赞助商名单之日起，便无止无休、不依不饶，让他看上去仿佛是漫画创作团队的特聘导师。的确，启动仪式后，钱正义对赛事进程的关注甚至超过了赞助的原因，他是真的做起了自己的"文化梦"。

"确立精品项目实在重要，建议开会商讨。后天下午，你和老金来趟'金石'，我请几个专家。梦要有人一起做，众人拾柴火焰高。"钱正义在电邮中写道。

阿信答应了。他知道，这"梦"做好了，就是钱正义的魁伟大梦，做砸了，就是阿信的黄粱小梦。

两天后，阿信和老金来到钱正义的公司。这是一栋灰白相间的独栋办公楼。在冷工业风格的楼上，阿信看到十几个员工分布在宽敞明亮的一、二层。与楼下的人迹可辨相比，会议室所在的三楼显得岑寂虚无，恍若一片无人区。只有走廊尽头钱正义那间装有防弹门和指纹锁的宽如宫阙的办公室里，依稀传来几段寒鸦般的笑声。

门开了。钱正义和几个岁数相仿的男人三三两两地走了出来。看到正在会议室里调试电脑的阿信，钱正义露出他所特有的热情笑容，招呼其他人坐下。

"来来来，阿信，我给你介绍介绍。"钱正义半靠在座椅上，轻快又松弛地招招手，不紧不慢地说，"这边是金总、木总和水总，这边是火总和土总。"

"老总们好。"阿信向坐成五行八卦阵似的"总"们点点头。

五位"总"都是钱正义信任的挚友，也是他眼中的专业人士 ——土总是个天使投资人，也是个有名的收藏家，创立过一家更有名的公益艺术博物馆；金总、木总和水总是钱正义大学时的拜把兄弟，虽然他们有学美术的，有学音乐的，也有学金融的，但人过中年，都纷纷跟着钱正义混迹在资本圈，现在共同管理着另一支钱氏投资基金；火总则在一家钱正义控股的艺术品在线交易网站担任高管。

"今天专家云集，你们有耳福了。"钱正义说着，脸上显出了福态。

这是一个商业漫画项目的专业评审会吗？阿信默默问自己。他看看这些"砖家"，又看看老金。他看得出来，老金跟他一样，心里都咬牙切齿的。

正式开会前，他们拿着U盘去找秘书。盘里有老金特别设计的漫画评审表格，既有分镜、描线、色彩、人物等技术类分项，也有市场预估、改编难度等商业类分项。但老金说，专业的表格，是为真正的专家准备的。

"还打吗？"老金站在秘书的打印机前问。

阿信犹豫不决。

"打呀！"秘书说话了，"专家会不发专家表，这不要流氓吗？"

会议开始后，老金开始一一介绍备选作品。各位"总"们手里拿着评审表，煞有介事地点着头。他们时而眉头紧蹙，时而开怀大笑，时而只是静静观望。当他们在表格上勾勾画画时，阿信却心惊肉跳。他不知道，这些样板戏一样的表情背后，究竟藏着怎样的"专家共识"。

打分结束后，老金收齐评审表，去一旁统计。钱正义则天南海北地畅谈起来。谈着文化，无疑让他亮袍加身，精神抖擞。钱正义的"语言复读机"们不时应和着，见缝插针地讨论着重点项目的入选标准——

"应该像金子，闪闪发亮，有能产生巨大市场利润的潜力。"金总说。

"也该跟土地一样扎实，有丰厚的美术功底和高超的艺术造诣。"土总说。

"还得像火，要在读者心中熊熊燃烧，这样才能有亿万的阅读量和点击率。"火总说。

"如水的作品才能长久，成为经典才能打败时间，好漫画永流传。"水总说。

"还要像木头一样挺拔，要有高远的情怀，现在提倡'科技兴国'，我们的作品完全可以成为一种漫画国礼嘛。"木总说。

阿信错愕。他反复掂量，在眼前这堆良莠不齐的样稿里，同时具备这五条标准的，哪是一部商业科幻漫画，简直就是一颗"神蛋"啊！

钱正义却在笑眯眯地点着头。对这些脱胎于自己只言片语的标准，他的脸上写满了"深得我心"。

老金统计完毕后，念出了最终入选的五部漫画。阿信的耳朵如天崩地裂，他就这样眼睁睁地看着自己和老金还算欣赏的作品一部部落选。特别是有部漫画，有种尾田荣一郎《航海王》的画风遗韵，会前阿信就力荐过，但却被"总"们认为风格过于儿童，而错失了重点名额。取而代之的，是一部仿佛从20世纪80年代的日本漫画中走出来的作品，作者名叫秦天柱。虽然会议的PPT上写着秦天柱很高产，但阿信一向是只看画作不看大名的。因此，他对秦天柱没有印象。

尽管阿信和老金用了一整个下午去试着营救那些被埋没的星星点点的希望，但依旧无法力挽狂澜。钱正义看着他和老友们选出来的名单，有种定海神针般的自信。阿信渐渐明白，这是一种不能蒙灰的自信，这些老友的合唱只是摇摆的绿叶，争辩的会议也只是个不应景的过场，也许从赞助项目强行降落在"故事星球"上的那刻起，这场梦，就只属于钱正义一个人。

这是一个无比荒诞的日子，阿信想，一群对商业漫画知之甚少却大放厥词的老总们竟然让自己聘来的漫画专家最终垂头丧气、无言以对。他手里的终选名单明明应该跟废纸一样轻，可此时此刻，却沉得仿佛落入海底的船骸。

"相信我，听专家的！他们会让钱用在对的地方。"散会时，钱正义用强调的力度拍了拍阿信低垂的肩膀，他想想，又说，"秦天柱那个团队好像不错，有机会帮我去探探风，看看有没有可能在股权层面合作一把。"

阿信的肩膀确实被钱正义拍重了。

回公司后，他意识到，与漫画家的沟通已经由一件事变成了一项工程。他和老金要做的，就是时刻提防着"烂尾"的可能。

入选的五位漫画家中，有四位阿信是拜访过的，唯独就缺了钱正义兴味盎然的秦天柱。跟他的画一样，阿信对他的人也打不起兴趣。

"去看看吧。"老金说，"圈里都说这人过得挺仙儿的。"

一天，阿信起了个大早，坐上老金的车去找秦天柱。老金开了两个半小时的车，才找到位于远郊山村的"天柱工作室"。他们推开铁门，一派田园风光尽入眼底，这里与其说是间工作室，不如说是座闲云野鹤的农庄——两幢自建的四层小楼分居左右，道路两侧是一片片菜田，不远处还能看见几只鸡闲庭信步地穿过猪圈和牛棚，日头高悬晴空，静静地凝视着这一片祥和。

忽然，一只被拴着的藏獒跳出来，丧心病狂地吼个没完。阿信被吓走了半条命，直到上前迎接的秦天柱几声斥责，一挥大手，这只看家犬才算彻底熄了火。

秦天柱一身粗布衣服，近两米的瘦高个儿让他笑起来像一缕山谷的青烟。他带阿信和老金穿过菜田，去自己的办公室。一路上，阿信看到这里有不少二十出头的年轻人，有的在拥挤的工作间里埋头画稿，有的在菜田内外浇水和饲猪，还有的正在楼顶晾晒着衣被。

阿信落座后，秦天柱才讲起这些年轻人的故事。他们有些是工作室的学徒，"农庄"还没建成时就跟着他一起在漫画界打拼，但更多的，是陆陆续续抱着漫画梦想来这里应聘的孩子。只要秦天柱看上的，十有八九都心甘情愿地留在这里了。

在与秦天柱谈话间，阿信发现他神神道道的语气中潜伏着强大的逻辑思维，尤其是在他口若悬河时常常旁征博引、气吞山河，这种狂风暴雨般的说服力，让频频从他口中说出的"梦想"乍听起来无比合理合法。有些时刻，他甚至给阿信一种农民起义领袖的感觉。

但当老金与秦天柱聊起项目时，他却又瞬时变了另一副面孔。秦天柱站起身，走到一面书墙前，说："这里都是我们出版的漫画单行本，有四五十种。市场上流行的，我们都能画。"

阿信翻了几本，无不像他创作的科幻漫画样稿一样，是对日漫乏味的技术模仿。老金说过，"天柱工作室"在业界以量著称，连载的刊物数不胜数，收入自然算得上可观，但至今没有一部业内公认的长销佳作。阿信目视着眼前上百本漫画，如同望着一架复制时代的机器。他想，他们能够像任何人，就是没法像他们自己。

午饭前，秦天柱杀了只鸡。这里的饭是轮流做的。据他说，今天做饭的漫画助手，是工作室厨艺最好的姑娘。饭吃到一半，有只猪跑出了猪圈，秦天柱带着几个小伙子去抓猪，阿信就边吃鸡边看他们满院子跑。

"怎么会想到来这么远的地方工作？"阿信吃了几口，问坐在旁边的做饭姑娘。

"秦老师对我们来说是神一样存在的人物。"姑娘擦擦红通通的脸蛋，说，"我们都是被他的漫画梦想打动了，想跟着他一起创作最强的中国漫画。"

一会儿，另一个女孩走过来，手里拿着一个本，一支笔，问："过两天采购车要去城里了，有没有想买的？"

做饭的姑娘想了想，笑着摇了摇头。

"住这买东西都不方便吧？"阿信也笑笑。

"平时都在画画，也不缺啥。"姑娘说，"我们的稿费都放在一起，谁需要买什么就找秦老师拿。但谁有空天天买东西，梦想还没实现呢！"

阿信听完，再也笑不出来了。

他知道这"梦想"的对应物是什么。他更意识到，当梦想被秦天柱改装成一个"宗教"，又散发着多么危险的芬芳。他眼前这个梦想的"桃花源地"，还会诱惑多少颗赤子之心，将其变成洗脑作坊里被剥削和被蒙蔽的廉价劳动力呢？

午饭后，秦天柱拉着阿信回到办公室。秦天柱的三寸不烂之舌把天都说黑了。阿信看看手表，和老金起身准备告辞。尽管秦天柱极力邀请他们留住一晚，但阿信婉拒了。

当阿信和老金走向门口时，藏獒正两眼放光，虎视眈眈地盯着他们。

"真的，住一晚吧。"秦天柱带着几个助手，再次挽留。他的脸被稀薄的灯影衬出一种似有似无的狰狞。

阿信摇摇头，挥挥手，在一阵狂吠中硬着头皮走出大门。

老金开车行驶在坑坑洼洼的山村夜路上，像逃离一般。阿信回头望向后车窗，秦天柱和他的助手们依然站在门口目送。在忽明忽暗的远处，他们的眼睛仿佛也放着绿光，像是被施予了某种魔咒。

那是一双双身处黑夜的眼睛，但阿信却希望它们能看见光明。

这段时间，阿信过得焦头烂额。白天跟漫画家斗智斗勇，晚上披星戴月，一个人扛着成筐的委屈瘫在"鸟笼"里。每当他坐在转椅上，相隔十几米远的地方，总有一束更强的光源让他觉得安慰——大福与小黑、小白的六只手在键盘上跑个不停，几个月后，终点将有一款理念革新的App在等着他。

大福每隔一会儿，就要咳嗽几声，但是这丝毫没有削弱他的专注。

"咳好几天了，没事吧？"阿信拿了几包姜茶过去。

"能有什么事？结实着呢。"阿福停下来，拍拍胸脯，把茶包扔给小黑小白，说，"这雾霾天太猖狂，气管这是在抗议呢！"

阿信笑笑，拍拍他的肩膀走开了。

夜晚的温暖，还来自于鹿蓓的邮件。自从阿信选定了美国极具影响力的科幻杂志《SF WORLD》作为合作目标以后，他们隔三岔五就得通个信。他的中文意图被鹿蓓调配成地道的美式腔调，挥发着理想主义的醇香，一封封地躺在了主编杰克曼的邮箱里。

阿信的合作提案大胆却不冒进——他希望在这片老牌的科幻沃土上，架起一个每月一次的中国专栏，由"故事星球"推荐短篇小说，翻译费用和作者稿费双方各担一半。出乎阿信意料的是，杰克曼很快就回复了邮件，表达了自己对东方国家的好奇和对中国小说的兴趣，但阿信感觉得到，他的目光是下垂的，语气是刁钻的。

他们就合作细节反复斟酌、商议、推翻和重建。虽然两人是站在巴别塔的脚下隔空对话，但是至少专业专情，如同行驶在一条畅行无阻的高速公路上，尽管路途遥远，阿信的耐心却加满了油箱。而漫画大赛与此恰好相反 ——像是身处小街两头，明明知道对方近在咫尺，却硬是被无厘头地堵了个水泄不通。

在往来七十七封邮件之后，阿信收到了从美国寄来的签字合同。在杰克曼的协助下，几位精通中英双语、才华卓越的华裔科幻作家成为推荐小说的第一批译者。他还被告知，这些发表后的小说，还会被推荐参评让科幻作家如雷贯耳的"雨果奖"和"星云奖"。在专栏首发那期的卷首语中，杰克曼这样写道："我们做的这件事，在美国的科幻期刊史，甚至是文学期刊史上，都是从未有过的尝试。我们期待，在这次意义深远的文学对话中，能够看到一个文明古国的科幻荣光……"

当期杂志出版后，消息很快传到了国内。行业社交媒体的评论说，这可能预示着中国科幻即将迎来新的时代。很快，一个又一个带着远大理想的故事叩响了阿信的门扉，"故事星球"的名字也被越来越多的科幻作家和科幻迷记住了。

在这件事上，鹿蓓说，她看到了优秀和卓越的区别。

一个晚上，阿信请大家喝酒。这是组队创业以来，他们的第一次聚会。他也邀请了鹿蓓。在人影交织的小酒吧，阿信把这位幕后功臣介绍给大伙儿，惊叹连连的目光聚焦着曼妙有致的投行女郎。鹿蓓落落大方，风趣友善，很快就让陌生的环境热络起来了。

茅毛和阿飞拿来成打的啤酒，阿信对任何热情的碰撞都来者不拒。过了一会儿，世界就成了一个左摇右摆的跷跷板。他仿佛踩在颜色迷幻的球池海洋里，一路跌跌撞撞地摸到洗手间的把手。当他艰难地站在洗手池旁时，他的脑袋被一股力量撞醒了——阿枝和她的新任护花使者正在用种复杂的目光打量着自己。

"也太倒霉了吧，难得出来玩一次，还要被泼一身狗血。"淘淘看到此情此景，推了推特别为聚会准备的造型夸张的平光眼镜，说，"今晚主题成劈腿前女友之夜了，扫兴！"

鹿蓓听见了，稍坐了会儿，就放下酒杯，侧穿人群，走向阿信。她打断了一场尴尬的对话，然后搂起阿信的脖子，对阿枝说："谢谢你把他让给我呀，追他追了好久，人看都没看我一眼。"然后，她故作亲密地转向阿信说："亲爱的，以后你只许爱我一个，不许再招惹其他的小蝴蝶了，听到没有？"

阿枝尴尬地笑笑，拉着新男友走了。

"谢……谢啊。"阿信惊魂未定却又心满意足，晕眩仍然紧紧箍在额头。望着鹿蓓的幻影，他在她精致的外表下看到了一个跑马溜溜的汉子。

"兄弟有难，要拔刀相助嘛！"鹿蓓把手放下来，笑得春风满面。

阿信的心里落了一地冰碴，但胸中的火焰是炽烈的，酷热很快就把它们烧得一干二净。他依稀在火光中看到了未来。他觉得"故事星球"的春天应该就在不远处等待着。

14

失败大学的优等生

阿信再次仆街了。

在漫画大赛颁奖前，他收到了所有拜访过的漫画家的成稿，但其成色、品相都让他大跌眼镜。他本以为，"协会推荐"是某种坚实的光环，却不知到头来只是一堆参差不齐的赝品：有的一味炫技情节苍白；有的画风诡谲漏洞百出；还有的，空想得令人挠墙，让一架太空飞船冲进了玉皇大帝的天宫。阿信滑动着鼠标滚轴，飞扫着雷声滚滚的屏幕，哭笑不得地看着一艘艘载满希望的货轮触礁沉亡，心情跌落山崖。

老金认认真真地看完所有画稿，对阿信说："对不起，尽力了，工资我就不要了吧。"

"拿着吧。"阿信回道，"两码事。"

在收到颁奖典礼请柬时，阿信问协会的牛主任要来了所有的获奖作品。"协会漫画家"占据了大半江山。在其他作者的作品中，也只有一部勉强能够符合标准。但为了一部中规中矩的漫画，这么兴师动众地过日子，阿信想，怎么说也是不合理的。

颁奖的当天，阿信坐在一堆赞助商里。他们是三十多个密密麻麻的 Logo 的代言人。远远看去，陌生的人头在攒动，人数与后几排的观众不分伯仲。高昂的运动场音乐响起，颁奖开始了，他忽然有种感觉，好像自己正坐在一部喜剧电影里——他看到大领导、中领导和小领导依次上台吐纳空空荡荡的辞藻，等待"协会漫画家"们去排排坐、吃果果，听见主持人时不时传来言不由衷的笑语。

然后，纸醉金迷的时刻来到了——

颁奖典礼结束，纷纷扬扬的彩屑还未落定，赞助商们被集体请上舞台，在刺眼的闪光中，与领导们合影。阿信站在人群中一个不起眼的位置，头上挂着彩条。嘈杂的声浪推涌着彼此，整齐划一的笑容僵硬地扬起，"咔嚓""咔嚓"，摄影师按下快门，阿信听到了心碎的声音。他觉得这更像一个毕业典礼，因为此时此刻，他终于以高分从失败大学中毕业了。

场子散得很快。大领导提走了政绩，中领导荷包鼓鼓，小领导笑成了一碗杨枝甘露，紧紧握着阿信的手，上下摇摆：

"明年会做得更大，到时给你们预留名额。"

下台时，阿信的两条腿硬邦邦的。这学费，他琢磨着，也算是瞠目结舌了。

接下来的几天，阿信心事重重地等待着周一例会。人都到齐时，他先起身向大家深鞠一躬，说："对不起，辜负各位的信任了。"

淘淘心明眼亮，一皱眉："这事怎么能赖你呢？"

茅毛接着话茬儿，带着批判的口吻，说："对呀，明明就是项目不靠谱！"

"合同上的字是我签的，责任就该我来担。"阿信回答得毫不含糊，"这是制度。"

"你也别太自责了。该做的事，你都做了。"大福递来安慰的眼神，"就当积累了经验，探索了模式，以后再遇到官僚做派的合作方，谨慎行事就是了。"

阿信叹口气："你说得对，模式要守，边界也得心中有数。应该分清什么能做，什么不能做。不然到头来，只能吃哑巴亏。"

"好啦，气氛跟追悼会似的。我们的乔布斯可不能熄火呀！"淘淘挤眉弄眼，半念半唱道，"留得一帮妖精在，不怕吃不到唐僧肉！"

"哎哎，我们这也就你是只千年老妖吧！"阿飞笑着回应。

大家都笑了，阿信也笑了。

"说正经的，销售这边最近有点慢，我在想，能不能用更好的形式推介我们的故事。"阿飞把笔记本电脑打开，转向阿信，"这种电子故事手册很新颖，但它是基于我们来向潜在客户逐个投递，如果能把客户会聚起来集中展示，也许命中率会更高。"

"故事怎么集中展示呀？"茅毛有点蒙，"又不是时装发布会？"

听到这个词，阿信的灯泡亮了。

"可以做故事发布会。"他想了想，坐直腰板，兴奋地说，"时装品牌可以做发布会，苹果手机可以做发布会，科幻故事为什么就不行？不仅可以做，还可以更好玩！"

"故事发布会？"茅毛两眼放光，"我的脑洞给你开光了！"

"如果我们一年两次，春夏和秋冬各选定一个主题，请作家亲自介绍故事，名人赏析故事，有生动演讲，有趣味论坛。再办个After Party，让请来的客户跟作者嘉宾深度交流，你们觉得怎么样？"阿信问。

阿福点点头，说："文创产业本来就应该是好玩的，我看可行！"

"可以做成我们标志性的品牌活动，有料、有型、有趣。"阿信解释道，"客户多维度地来体验，也许会对故事的成交率有提升，对于形成公司的品牌调性也有助益。"

淘淘眨着大眼睛，听得血脉偾张："我的调性小宇宙现在已经爆发了！策划案交给我吧，我会还给世界一个惊艳！"

"悠着点啊，别成惊吓就行！"阿飞边笑边记着方案。一个揉压的纸团闪电般地砸向他的鼻梁。"对了，还有个问题。"阿飞像是被偷袭唤醒了记忆，抬起头说，"很多买了版权的客户都问，咱们能不能推荐好的编剧人才。你们说奇怪吗？影视公司怎么会没编剧？"

"我觉得不奇怪。"阿信考虑片刻，答道，"故事是文艺创作，剧本是工业产品，从小说到电影，是一条漫长的路。对现在的中国影视而言，科幻是蛮荒之地，能写其他故事的编剧不一定写得了科幻。他缺的可能不仅是专业知识，更多的应该是一种思维方式和想象力。"

"要是我们既有故事，又有编剧，那竞争力就会成倍提升的。"阿飞说。

阿信若有所思地托着下巴，手中转着的笔忽然停下来，说："细分领域竞争的必杀技之一就是专业。越专业，防火墙也就越高。所以我们应该要有自己的编剧队伍。先从一个有意思的编剧征集活动开始怎么样？"

　　例会之后，阿信和淘淘就跨上想象的机车，开足马力，驰骋在狂野的星际。阿飞将顾客对编剧的需求装进创意的后备箱，他们将会以此去建造想入非非的游乐场。淘淘的脑袋变成了翻动不止的老虎机，时不时掉下来一个个让人惊喜的方案。阿信把这些神奇大陆上的彩色蘑菇收集到一起，扔掉有毒的，筛出安全的，再依据心中的图纸仔细测量，规整着施工计划。

　　在基石的选择上，他们眼光一致 ——互联网是这次活动的温床，新生代是他们深度开垦的对象，自由和公平是心照不宣的法门，而高额的奖金，几乎是一个充分必要条件。一篇想象奇崛、撼人心魄的蔚星小说将会成为一块被立起的标语牌，他们将在牌子的光环巨影下，等待剧本改编者中的夺宝奇兵。在一次次小会中，阿信和淘淘研磨着文书的表达，修改着赛制的漏洞，每次结束，茅毛都晃动着几张字迹密杂的会议记录。

　　"够拼的。"她合上本子，语调俏皮。

　　阿信笑得轻松，胸中却有重物。自责仍在黑暗的角落里大摇大摆，他一心想打个翻身仗。

　　深夜里，他反复看着淘淘的终极策划案，总觉得少了点什么。思量了几个小时，他找到了遗失的成分：有趣。之前，他特意去看了些大大小小的文稿赛事，它们长得如同蛋糕模具上的亲兄弟，你中有我，我中有你。在阿信看起来，这未免有些索然无味。

他忽然想起一位"纽约客"作家伍迪·艾伦。前不久，他刚看过这位"风格导演"自导自演的一部系列短剧《六场危事》。这时，灵感波光粼粼地在脚下铺展开来了。

"迷你剧也许是个好创意。"他拨通了淘淘的电话，"征集这个类型的改编剧本，一共四五集，每集八分钟。再找个合作的影视公司，低成本拍出来。觉得如何？"

淘淘那边传来了拍案叫好的声音："这样一来，剧本就变成了本剧，参与者有了成就感，也帮公司吸引了眼球，制造了话题。一箭放出，雕雕落地呀！"

"名作品、高奖金、文影互动，"阿信接着说，"这样更好玩，赢面也更大。"

一个傍晚，阿信正在加班，手机嗡嗡作响。他接起电话，是老妈的声音。

"儿子，吃了吗？"老妈问。

"嗯。"阿信答，肚子却在咕咕叫。

"你爸和我有个假，过两天来看看你。"老妈的声音像家乡的一碗热汤面。

阿信一皱眉，刚想劝老妈不用劳筋动骨、跋涉风尘，但看到日历上的数字，他却笑了。再过几天，就是老妈的生日。这个日子无论藏在怎样不起眼的角落，总会在需要的时刻被阿信看到。

"跟爸说，别大包小包的，人来了就行。"阿信说，"我来安排！"

阿信想起来，自己在家乡的每个生日，老妈都过得像个节日。她总要熬一只土母鸡。有次，她把一只大碗放在他面前，一滴汗落进了浓汤里。这滴汗，也永远地落在了阿信的记忆里。年纪渐长，人生便趋向反转，阿信开始觉得父母倒像个宝贝，他才应该是那个倾尽所有让他们的生活变得有滋有味的人。

在过去的时光中，无论和老妈是近在咫尺还是远在天涯，阿信都会在那个日子把一句"生日快乐"风雨无阻地传递至她的耳畔。

这一次，他决定给她一个亲爱的惊喜。

惊喜可以先从一家别致的酒店开始，阿信想。然而，面对酒店预订App上的雷同图片，阿信却直摇头。这时，"大都会女孩"鹿蓓站在他的一筹莫展里招起手来。在随后的电话中，鹿蓓果然三言两语就抓住了重点，她笑笑说："还真知道一家，阿姨应该会喜欢的。"

第二天刚好是个周末，鹿蓓陪阿信去踩点。酒店被一片静谧的皇家园林温柔地环抱着，这里原本是皇室用来招待贵客的院落。树影与花色交织的斑驳，被风与光拂动，若隐若现地映衬在错落有致的大小四合院里。身穿中式短褂的经理带着他们擦身一面面青白石砖的墙壁，穿过一条条木柱轻裂的走廊，推开一扇扇古风萦绕的红门，让阿信走出了城市的纷扰，走向了时间的反面，恍若梦回大清。

当阿信走进一间客房，金灿灿的陶瓦铺就的抛光地板闪耀着幽沉的暖光，四帷柱的明式大床上暗香起伏，特制屏风和竹制百叶窗外传来丝丝鸟语，他抬起头，那是木质的屋顶梁和结构柱彼此交汇的地方，历史的薄雾像轻纱，正从那里飘落。阿信觉得，这所酒店仿佛是活的，吐纳之间尽是一缕宁和之气。

观览在酒店深处的荷花池边画上了句点。"你们可以先坐坐，感受感受。"经理递出一张名片，说，"我就在大堂，订房可以随时来找我。"

"好。"阿信接过名片。

他看到池边有个茶舍，就对鹿蓓说："歇会儿吧，喝杯茶。"

热茶送来的时候，阿信已经沉醉在飘飘的仙乐中了。这撩人心弦的乐音来自池水另一侧的古乐亭，几位乐师正在亭下演奏着琵琶、古筝和笛子。

"占用你的时间了。"阿信举举茶杯，面带歉意。

"被良辰美景占用时间，何乐而不为呀？"鹿蓓笑着喝了口茶。

"老妈把我拉扯大，没让她少费心。"阿信望着半开的荷花，说，"她和我爸都值得来看看这里的良辰美景。"

鹿蓓点点头，说："你这个儿子，让我刮目相看。"

这时，她的手机响起来了。她看看手机，又指指远处，就起身去接电话了。

兵荒马乱的日子久了，人也过得紧巴巴的，眼前这美轮美奂的祥和让阿信觉得恍如隔世，沁人心脾，仿佛自己也变得温柔了。在波光粼粼的池水和随风摇曳的花瓣中，他的睡意便悄无声息地化入了这柔情似水的世界中。

当他睁开眼的时候，天已经暗了。他不情不愿地伸着懒腰，拉下盖在身上的客用薄毯，看到鹿蓓正在一台粉红色的苹果笔记本前敲敲打打。

"睡了这么久？"看看手表，阿信惊诧，"也不叫我。"

"难得呀！"鹿蓓继续敲了一会儿，然后合上电脑，抬头说，"创业者的好觉是求不来的，得天赐。"

去往大堂前台的路上，阿信仍然觉得意犹未尽，如在梦中，直到预订的账单被递到手上，他才彻底清醒过来。纸单上猖狂的数字，正在向他当头棒喝。

见阿信拿着信用卡迟疑着，又见他白衬衫牛仔裤，一副大学生的样子，服务员问："还刷吗？"

阿信想了想，说："刷！"

"哎，等等。"鹿蓓像是想到什么，在包里翻出一个信封，放在阿信面前。

"这什么？"阿信问。

"给大孝子的礼物。"鹿蓓答。

打开信封，阿信看到几张房费和餐饮的五折礼券。

他看看鹿蓓，又意外，又感动。

"拿着吧！"鹿蓓笑了笑，说，"我们投了一家酒店折扣公司，福利多多。"

刷完卡，阿信本想请鹿蓓吃顿晚饭，但她却摇摇头说，还得一起去个地方。

到了目的地，阿信才知道，躲在鹿蓓一脸神秘背后的，其实是家蛋糕店。但这又不是家普通的蛋糕店，更像是一座属于蛋糕的艺术博物馆——翻糖蛋糕、奶油蛋糕、巧克力蛋糕、水果蛋糕分别是落日中的王子、幻梦上的冰峰、青灯下的古籍和宝石一般的鹿群……在几十种蛋糕展品中，他看得目不暇接。

最终，阿信挑选了一款天鹅蛋糕。一只洁白的天鹅在风雪中展翅，直径不到毫米的伊索马特糖丝被他不曾看见的灵巧的双手编织成蛋糕的巢状基座。他喜欢这道风景。白天鹅就像老妈，在他磕磕绊绊的成长中，无论风雹划割，还是心雪肆虐，都没有让这高贵的母爱光泽减少分毫。

"到时店送还是自取？"结账时，服务员问。

"自取。"阿信答。

他希望这份惊喜能由自己亲手送达。

生日的前一天下午，阿信去机场接爸妈。当看到老爸依然大包小包地出现在不远处时，他无奈地叹了口气，但心里却温暖如春。他仿佛闻到了一种熟悉的气味。他知道，爸妈在哪里，哪里的风便会吹起这种家的味道。

出租车到酒店时，阿信把行李交给礼宾员，带爸妈去房间。一路上，他从爸妈的脸上看出了欢喜。和鹿蓓预想的一样，他们对酒店赞不绝口。

晚餐时，老妈嘘寒问暖，老爸指点江山，这细琐的家庭图景，让阿信感到了久违的舒坦和惬意。他忘了吃的是什么，只记得每口都很香。

"阿枝呢？"老妈看着形单影只的阿信，问。

阿信支支吾吾："她……回老家了。"

老妈看了看阿信，没言语。

离开酒店前，阿信把提前买好的餐饮券和康乐券交给老妈。

"早点休息吧。明天睡到自然醒，想吃什么吃什么，想玩什么玩什么，有兴致了，可以去旁边的皇家林子走走。"阿信说，"我明儿上午有个会，争取下午过来。"

对老妈的生日，阿信没提只言片语，装作一副忘得干净的样子。他只说了句"明晚一起吃饭"，就转身走进夏蝉齐鸣的夜色。

踏着月光，阿信回到家。他打开电邮，十几封工作邮件早已恭候多时。他一封封地看，一封封地回，稍不留神，时间就过了凌晨三点。他本想再翻翻一部新人的长篇，但倦意已经毫不留情地将他拖入了支离破碎的梦境。

没睡几个小时，阿信就赶早来到公司。上午有个大客户会议，他得好好准备。他原本以为一两个小时就能抽身，但当这位一口气相中五部小说的影视公司高管摇头晃脑地跷起二郎腿，嘴巴就像坏掉的自来水龙头，源源不断地喷涌没有节制的语言时，他知道时间成了一个作废的概念。

大客户从上午喷到午餐，又从午餐喷到午休，当他拍拍屁股起身离去，时钟已经指向了两点。送完客户，阿信立马收拾东西，准备去拿蛋糕。

但大福又叫住了他："有个小问题，技术团队想听听你的意见。"他刚一说完，又拍拍自己脑袋，"瞧我这记性，你先走，明天再说。"

"咱们不是说好的吗？问题不过夜。"阿信想想，又把手里的包放下，"何况还是个小问题。"

然而，就是这个小问题，三个小时又没了。

坐上去蛋糕店的出租车时，阿信有点急了。他催促着司机，暗暗祈祷一路畅通。可造化弄人，钱正义这时又来了电话——

"在哪儿呢？"钱正义问。

"在车上。"阿信答。

"那刚好，赶紧来金石一趟，有个投资大佬对'故事星球'很感兴趣！"

"抱歉，钱总，今天是我妈生日。"

几秒停顿。钱正义又说："人家是空中飞人，明天就去华尔街了。来聊聊，不影响，就一杯咖啡的时间。"

阿信犹豫了。但他想想那位素未谋面的大佬，想想此刻正在拼搏的兄弟，无声地叹了口气："行，一杯咖啡的时间。"

保险起见，阿信想，惊喜看来只能变成二手的了。他拨通蛋糕店的电话，报了订单号，说："自取改配送。"

咖啡喝完的时候，时间已近九点。"故事星球"的话题早已结束，但钱正义和他的大佬朋友聊性尚浓，开始自顾自地谈着投资圈的奇闻逸事。阿信坐在一旁，眼睁睁地看着时间被铸造成一种阶级性的存在。但他不认为自己的时间不值钱，相反，他觉得母亲的生日蛋糕比这些点缀着天文数字的话题更贵、更重。

于是，他起身告辞，义无反顾地走向回家的路。

看着蛋糕送达的短信，阿信是真的心急如焚了。但出租车偏偏在这时堵在了高架上。他抓着车门把手，对司机说："师傅，我去坐地铁。"

司机摇摇头，答："这高架长着呢，不能下车。"

遍地月光中，阿信风尘仆仆，汗如雨下地到了酒店。当他走进客房，他看到蛋糕原封不动地摆在桌子上，墙上的时钟逼近了十一点。老爸已经睡了，老妈仍在淡淡的灯光中等他。

阿信坐到老妈身边。他忽然觉得，那盏落地灯很远很远，无尽的黑暗此起彼伏，凝视着这对月光中的母子。

"对不起，妈。"阿信一脸失落。

老妈目光沉静地看着他，说："儿子有心，妈就高兴了。蛋糕不重要，重要的是你。"

"生日快乐！"阿信心里难受，声音显得飘虚。

老妈点点头。沉默良久，她又说："有些话，你也许没跟妈说，但有些事，是你不说妈也知道的。一人在外，要照顾好自己，该抓的不要放，该放的也不要抓，开开心心是最重要的。"

"知道了。"阿信更难受了。

"晚上你就睡这儿吧，明天起来一起吃顿饭。"老妈淡淡地笑着，像月光，"我和你爸还想北上转转，票订好了，明天就动身。"

"这么赶？多住几天吧！"阿信央求。

"不了，难得有段假，时间不等人啊。"老妈拉起阿信的手，说，"知道你好，我们就放心了。安心去工作吧。"

等老妈睡了，阿信才发现手机闪个不停。他滑亮手机，八封新邮件的提示灯闪烁着，淘淘也在微信留了言："策划案改得差不多了，有几个地方你帮着润色润色，明天就能交全案了。"

阿信打起精神，在黑暗中掏出电脑，悄无声息地敲打着，但他的眼眶却是湿的。

淘淘重改的编剧活动策划案被公司全票通过了。阿信便给钱正义正式写了邮件。自从漫画比赛之后，他们的沟通少了些，他能明显感受到，对方在字里行间的不自在。阿信不确定这种不自在更多的是来自不满和失望，还是良心在叮当作响。事实上，阿信并没有达到钱正义的要求——董事长的希望是发现既能当作科幻国礼，又能赢得亿万点击率的惊世之作，而这却被老金视为痴人说梦——更没有达到自己的要求。

当阿信为可能即将到来的拉锯战做好充足的准备时，钱正义却出乎意料打出一张阔绰的手牌。他在回复邮件中写道："在这个项目中，我看到了你们商业才略的成长，同时，也具有事件营销的意义，能让公司收获更多的关注。我只有一个建议，应该把原来的五十万奖金提升至一百万……"

阿信看得眼冒金星。他和钱正义通了次长话，传回耳膜的却只有坚不可摧。

在邮件的结尾处，钱正义还写道："在现代企业中，没有人是全才，也没有人能是全才，培养左膀右臂是个重大工程，我推荐一个运营高手，叫肖仁，你值得见见。"阿信知道，这是对自己在漫画比赛中的"杰出表现"的评语，又像是编剧活动起飞前的航空险。

　　阿信的心里五味杂陈，但创业者又是求贤若渴的，无论如何，他都觉得该找个时间，会会这位高人。

15

进击的新人

漫画比赛落幕了，老金也要走了。

阿信和淘淘代表公司请老金喝酒。人声鼎沸的涮肉店，烟雾白得像鬼。老金红着脸，笑也不是，哭也不是，只能凶狠地吃肉和灌酒。

喝到动情处，老金放下筷子，叹道："怎么都这操行，一点不给国漫长脸！"

闷了口酒，淘淘也嘟着嘴："看日漫的，也好几代了吧，张口闭口都是日化的笔法技术，个个跟只假日本招财猫似的，人家的'职人精神'才是王道好嘛！"

"职人是有的，但大都成了'智人'。"老金应了声。

"怎么说？"阿信问。

"现在的国漫市场是四拼一彩漫和电子漫画的天下，读者就是王道。你精雕细琢，你意味深远，你呕心沥血，换来的却很可能是四面楚歌、危在旦夕。"老金慢摇着头，酒意微起，说，"好作者有，好作品也有，但少得可怜，大部分都在跟着市场的节奏跳舞，只是明哲保身罢了。"

"漫画是个产业，把读者当王道，这无可厚非。"阿信说着，面露疑惑，"但王道不应该只有读者吧？"

"唉，毕竟咱们不像日本，每个花园都有科学的培育机制，每种花都有它的爱慕者，那是一个真正的漫画民族。"老金语气失落。

"我没你这么悲观。如果国漫作者都去当'智人'，读者当然只喜欢吃快餐。"阿信想想，眼睛忽然一亮，"我相信漫画的王道不应该只是读者口味的钻营，还应该包括创新理念的传递。日本漫画百花齐放，应该也是在这种双子星般的环绕关系中摸索出来的。所以，如果我们试一试，准备一桌细火慢炖的美味佳肴呢？"

老金和淘淘放下酒杯，一起转头看阿信。

"说吧，金点子收割机，又想到什么了？"淘淘瞪大眼，有种遮不住的兴奋。

阿信笑笑，答："选个故事，找家日本最好的漫画出版社联合开发，怎么样？"

"没听说过这种路子啊。"老金讶异。

"走了，就有人听说了。"阿信答。

一场郁郁寡欢的欢送宴吃成了壮志凌云的就职宴。一周后，新名片就躺在了老金的裤兜里，上面写着：特别项目经理。

自从跟美国的科幻杂志谈成合作，阿信总在思量着如何去探索国际资源与本土故事的互帮互助。特别是漫画大赛的失利，让阿信脑子里的这撮念想更加顽固地疯长起来。作为超级漫画大国的日本有技术、有经验、有人才，但阿信手里也有好故事，在他的身后，还有辽阔的适应这个故事生长的本土市场。

他想，谈话的空间应该是有的。从古到今，无论是苍茫大漠，还是惊涛骇浪，都不能阻挡中国人全球化的经商头脑，陆海两条丝绸之路，就让中国制造的货品卖到了全世界。那么文化呢？文化更不应该"闭关锁国"了吧。

周详的分析和斟酌后，阿信与老金将"日本漫画出版三巨头"之一的谈话社选为理想的合作目标。几个月前，谈话社的老牌漫画期刊《少年月刊》宣布了即将推出中国版的消息，阿信认为，这正是这次合作的绝佳契机。

然而，第一个洽谈电话就让阿信吃了个闭门羹。接电话的日本经理用蹩脚的中文重复着蔚星的名字和他的小说，然后用繁杂密集的日式敬语无情地射穿了阿信的热切期盼。后来，一位谈话社的中国经理告诉他，在中国大名鼎鼎、圈粉无数的蔚星，在日本的知名度几乎为零，更别提有谁读过他的小说了。

"八成得黄。"老金目露难色，"大IP变成了小IP，敲门砖变成了碎石子。"

阿信想想，说："未必，好故事不分大小，得看你会不会讲。"

在阿信的建议下，故事的详尽资料以中日双语的形式发到了合作经理的邮箱里。一来二去，源源不断的新资料重新勾勒出了蔚星那张会讲故事的脸，让那座沉没在国界之间的"亚特兰蒂斯"重新浮出了水面。

他记不清电子邮箱里堆了多少封与之相关的细密文字，也忘却了每通电话那头仿佛永远密不透风的冰冷语气，几周的软磨硬泡以后，阿信看到那两扇久久紧闭的日漫帝国大门终于向他透露出一丝光明。

在合作经理的邀请下，阿信和老金来到《少年月刊》中国版的筹备办公室。他们坐在繁忙编辑部旁的透明会议室里，墙上挂着一幅幅光芒万丈的漫画海报，这些谈话社的代表作

让他们高山仰止 ——《铁臂阿童木》《攻壳机动队》《美少女战士》《浪客行》《虫师》《头文字D》《寄生兽》《妖精的尾巴》《百变小樱》……阿信看得血脉偾张，他的心只剩下一种感觉：燃烧。

像是被无数耀眼的星光环绕，阿信觉得自己坐在了一座神殿里。

人都到齐了，一个小个子的日本人开始主持会议。他是谈话社负责中国漫画业务的副总经理山田哲也。虽然个头只到阿信的下巴，外表有种人畜无害的圆润，但却一脸严肃，气势不凡，仿佛一只挂着战鼓的哆啦A梦，这使得坐在他身边的其他"大佬"编辑也都一副不苟言笑的样子。

在翻译的协助下，阿信把精心准备的双语合作方案递给众人，向来自漫画神国的使臣侃侃而谈起来。但他发现，无论自己讲得多么卖力，也不管提案有多精彩，日本人始终面无表情地坐在他的对面，仿佛一座座寒气笼罩的冰山。

同样的会，又开了很多次。

每次的议题各不相同，只有那一张张"冰山脸"是从一而终的。这些人的喜怒哀乐都被偷走了吗？阿信想。双方的合作就像只打转的陀螺，阿信知道没停下来，但又无法猜度陀螺的心意，不知道它要转向何方。

但阿信咬紧牙关，在这场会议的马拉松中坚持跑了下去。终于有一天，他感觉到，冰山开始融化了——

山田哲也和其他的"冰山脸"首次组团拜访了阿信的星球。

星球上的居民严阵以待。阿信以热忱的语言作为妙笔，让他对于最终合作方案的精准表述和未来期许在一个个千古不变的空白表情中生出点点火花。在阿信的言语间，"冰山脸"们点起了头。

然而，当阿信满面春风地送走山田哲也带队的"考察团"时，老金才告诉他一件美中不足的事。拜访当日，山田一行人其实早到了一刻钟。他们并没有直接去会议室，而是先去看了看"故事星球"的办公室。他们走到四个大"鸟笼"前时，目光诧异又惊奇。

彼时，阿信正在与淘淘和阿飞激烈地讨论着项目方案。他们屏息凝神地沉浸在自己的世界里，他们的眼睛里仿佛都燃烧着一把火炬。

在一旁催促的老金发现了山田的到来，连忙上来赔不是："抱歉啊，有个项目问题，讨论两小时了，我这就去叫他。"

山田看着阿信，对老金摇了摇手，然后直接带人去了会议室。

但是，正是这件"美中不足"的事情，让阿信和他的团队在山田哲也心中的分量变沉了，他也因此把谈话社繁杂的沟通机制抛在一边，给一把手写了汇报邮件，并抄送给了日本公司的主管领导。

没过多久，一份由谈话社中国分公司总经理签字的合作协议就被茅毛送到了阿信的手中。看着签字页上陌生的日文名字，阿信心中却激荡出熟悉的旋律，那是蓝色的理想拍打现实的声音。

只是阿信没想到，头一浪，就拍到了暗礁上。

根据合作协议，阿信和山田哲也组建了改编小说的"漫画制作委员会"，但在对一部漫画创作的起步而言最重要的作者选择问题上，两人却出现了极大分歧：山田打算用日本作者，阿信则希望用中国的。

为了说服山田，阿信费了不少精力。在三番五次的会议中，他把精挑细选的中国漫画家作品铺满了整张会议桌，甚至请来中国的漫画编辑、优秀作者、读者代表现身说法。最终，一位功力扎实、想象超群并且拥趸众多的漫画家DA征服了山田哲也挑剔的眼睛。

阿信和老金很快便提着合同找到了同城的DA。深聊之后，阿信发现DA几乎具备了担当改编大任的一切条件：热情、聪颖、技艺、品行、时间……DA收起激动的面孔，对快要被期盼挤碎的阿信说："但我签了经纪公司，他们得同意，我才能开画。"

"哪家公司？"阿信问。

"英巢。"DA答。

老金一听，脸就僵住了。

"英巢"是日本群英社在中国的合资公司，总部设在上海。从去年开始，他们也盯上了漫画版权的蛋糕，签下了一批本土优秀的漫画家。在日本，群英社和谈话社一样，同样是家喻户晓的漫画帝国，其出版的《火影忍者》《圣斗士》《灌篮高手》《海贼王》等长销不衰的经典漫画影响了几代读者。同样众人皆知的是，这两位漫画江湖上的大佬向来都是竞争激烈的死敌。

回到办公室，老金拍着脑袋，坐在转椅上直转圈，都快急成了电风扇。忽然，他停下来，掏出手机，翻了翻，把一张黑猩猩大战霸王龙的照片放到阿信面前。

"咱们这是在金刚手里抢女人啊！"老金说。

阿信轻叹了口气，又想想，答："胜算还是有的，商业世界里没有永远的敌人。"

尽管阿信确实是这么想的，但当DA把经纪总监的电话发给他时，他的心鼓还是不大不小地敲了一阵。他定定神，果断地拨通了对方的电话。

经纪总监人很风趣，调侃道："来聊谈话社的项目，胆儿够肥的！"

阿信笑笑，答："好项目都需要肥胆儿。"

总监也笑了，又说："这事我也定不了，拍板儿的老总是个日本人，但他的三年任期马上就到，后天就回东京了，新Boss什么时候来，不好说。"

"能不能想想办法，这两天碰个面？"阿信说，"半小时也行。"

"既然你是DA老师推荐过来的，那我试试吧。"总监答。

当天下午，总监打来电话。

"Boss只有明天上午有空，你可以吗？"总监问。

阿信想都没想，说："可以。"

他看看时间，简单地收拾收拾东西，就背起包找了辆出租车。他给淘淘发了微信，让他协助老金连夜赶出一份针对"英巢"的合作方案。

"在哪儿啊，这么急？"淘淘问。

"去机场的路上。"阿信答。

飞机落地以后，阿信没去酒店，而是找了间挨着"英巢"

所在写字楼的二十四小时书店。他连夜修改好淘淘发来的PPT，看着太阳像一面风帆，一寸一寸地被清晨拉起。那时的他，把劳顿和疲乏赶去角落，只看到大地缓缓地亮了起来，他还不知道，他的到来，将为"英巢"老总的中国三年画上一个圆满的句号。

一周以后，经纪总监告诉阿信，他们"抢"到了金刚的女人。

在漫画项目的启动发布会上，谈话社请来了日本《少年周刊》的总编辑，而群英社的签约作者DA就坐在他的旁边，他们将与包括蔚星在内的几位嘉宾一起聊聊中国的科幻小说与漫画之路。

坐在前排的行业记者个个面露惊容，挂着一副"活久见"的表情，慕名前来的粉丝更是把会场内外挤得水泄不通，一度引来保安维持秩序。

阿信和山田哲也分别上台致辞，当他们一起宣布将联合出品漫画并在中日两国的杂志同步连载时，台下的科幻迷和动漫迷都沸腾了。

站在台上，有一瞬间，阿信看到台下的每张面孔仿佛都是自己的同伴，那是一个个进击中的新人，他们孱弱的身体里激荡着生生不息的热望与探寻的崇高力量。他听到掌声仿佛歌唱，响了很久，很久……

16

天真终结者

日本的嘉宾打道回府了，"故事星球"也载满四面八方的期待归来。行业内外的热议被钱正义尽收眼底，他感受到了一种实实在在的风光，一双双翘首以盼的眼睛被他换算成神往已久的金色未来终将莅临的信号。

　　在这件事上，钱正义是喜上眉梢的。于是，他邀请阿信去他的庄园欢度周末。

　　他说，都过来吧。

　　两天后，钱正义的秘书把庄园地址和乘车路线发给阿信。

　　"你们有耳福了！"秘书说，"庄园有场音乐会，都是钱总的好朋友，响当当的歌唱家。他专门请来给你们庆功的。"

　　阿信表达了谢意。

　　秘书笑笑，又说："盛装出席哟，周末见！"

阿信有些纳闷。

他见过钱正义的秘书几次，在面对一穷二白的创业者时，她浑身上下那挥之不去的倨傲如同烂纸中的火焰，把冠冕堂皇的话烧得处处藏针。她可以时时不露声色地揶揄，但却从未有过亲密无间的问候，哪怕是看起来。

有次，淘淘陪阿信去钱正义的公司开会。淘淘拿出一台亮橙色外壳的苹果MacBook，见秘书正在旁边调试连接投影的电脑，便打起招呼，想熟络熟络。

"IBM？"淘淘指指秘书的笔记本，笑了笑，说，"精英的标配呀。"

秘书抬头瞟了眼淘淘的，又继续低头，似笑非笑地回道："我们喜欢货真价实的耐用品，不喜欢花里胡哨的潮流货。"

淘淘心中一声闷雷，气堆在嗓子眼儿。他就盯着秘书，盯着她廉价的假脸和假胸，盯得对方心虚气短、满面绯红，浑身不自在。

少顷，淘淘对秘书说："货真价实看的不是外表，里子是假的，外表再真，也还是假货。"

秘书脸一黑，差点儿把手边的茶杯打翻。

阿信没想通，这没隔多久，秘书怎么就弃暗投明，笑脸相迎了呢？

到庄园的那天，阿信算是明白了。

秘书和她的同事们站在大门口，一身轻便运动的休闲装，探照灯似的目光在来自"故事星球"的到访者身上来回扫射着——阿信带领的队伍穿得彬彬有礼，与迎面而来的一派逍遥和自在相比，他们倒成了一群冥顽不化的"会议精"。

钱正义拨开人群，走上前来。他瞥了眼面前——这田园风光中有些格格不入的风景，拍了拍阿信的肩膀，说："放轻松！"

阿信本来松得很，只是有人紧得慌。

他看着秘书一副志在必得的表情，没言语，跟着钱正义来到了一排自行车前。

钱正义环顾四下，说："这里很大，先带你骑车转转。"

阿信跨上车，与钱正义并行。其他人也都骑上车，纵列跟在后面。

骑行起来，阿信发现庄园当真大得离奇，像是一个奇怪的混装体——他们路过一望无际的草地和树林，路过人影幢幢的木屋度假村，路过外包给以色列客户的生态农业大棚，路过一座正在建设中的艺术博物馆，路过一片静谧的野湖中被私自闯入的游客戏弄的一只只水鸟……

钱正义说，这里"别有洞天"，但阿信却觉得，这庄园大出了一种荒芜。

车停的时候，阿信看见一座富丽堂皇的私人宅邸，这是钱正义的度假别墅。管家将一扇精致的铁门打开，然后退到墙边，看着一位位宾客走过自己。门外草坪上，工人三三两两地围聚过来，收拾起仿佛残杯冷炙般的自行车。

别墅看起来金灿灿的，走进内部，更像是一个个彼此相连的巨型样板间，精致得让人无法记住。午餐时，他就和钱正义坐在一张长长的精致餐桌上吃着精致的午餐。当他抬起头，看到日光透过落地窗把房间变成一片光海，吃饭的人都像是海市蜃楼中水草般的影子。钱正义零零星星地说着什么，大都是公司的事情。阿信看看盘子中摆放精美的食物，又看看钱正义，心想，他跟这食物一样，看来是没法轻松起来了。

午餐后，钱正义原本是要跟阿信喝茶的，但突然而至的电话会议让他面带歉意，匆匆离席。秘书见状，便请阿信和他的小伙伴参加金石创投的王牌休闲游戏——三国杀。无论是外出游玩，还是午餐间隙，他们能"杀"就"杀"，"杀"死几个算几个。

"想玩吗？"阿信问大伙儿。

淘淘翻了个白眼，直摇头。

大福、阿飞和茅毛也都没太大兴趣的样子。

"抱歉啊，不太会玩。"阿信对秘书说。

"这简单，幼儿园小孩都会玩。"秘书笑着，不由分说就带人坐了过来，把一堆牌具放在了中间的桌子上，说，"你们搞文化的，玩一局也就会了。"

玩了几局，阿信明白了，秘书的醉翁之意不在酒。

谈吐之间，秘书和她的同事们的每个毛孔都散发着一种"智商优越感"。他们居高临下地谈论着文化，谈论着故事，谈论着"故事星球"，他们真正想做的，是在阿信面前炫示创业者和投资者之间所谓的位置悬殊和尊卑伦理。

这些金石的研究员和投资经理大多来自互联网和医疗领域，与鹿蓓不同，他们认为文化的真理也被自己紧握在手，理由仅仅是因为他们站在了一座高耸入云的金山上。然而，这种因财变粗的底气并不足以让阿信信服。在他们唾沫横飞地乱点江山时，他只看到了一片井盖大小的天空——

"听钱总说，你们的步子还是迈得慢了点。"一个投资经理拿着游戏卡牌，抬抬眼，说，"写故事嘛，就是敲敲键盘。多给点银子，多找些作者，多开发变现，还愁成不了中国的迪斯尼？"

"我不这么看。"阿信想想，摇摇头说，"迪斯尼并不是一个用钱砸出来的公司，它之所以能成功，是因为它可以让人醒着做梦。而贪婪和傲慢,我觉得恰恰都是好故事的敌人。"

秘书听了,嘴一撇:"没钱,没量,就像没有大米,好故事这桌饭怎么做?"

"像J.K.罗琳这样,出版功成名就的代表作前一直处于贫困状态的作家大有人在,同时,我也没听说过任何一个商业巨头撒几把钱,就立马找出来了几个罗琳。实际上,一个罗琳比一家买了几万个烂故事的上市公司更有商业价值。"阿信答道,"好故事有自己的生长规律,要想找到它,必须得懂规矩。"

秘书和投资经理面面相觑,哑口无言。

这世界上有一类人,阿信想,是被某种称为"生存规则"的东西无情地改造过的。他们的眼中只剩下粗粗细细的黑白线条,不知波澜壮阔的生活中,还有温柔的色彩、炽烈的芳香、甜蜜的混沌,不知道在人造的边界外面,还有无与伦比的美景。变幻莫测的宇宙被简化成了单调的关键词,像坏掉的唱片机,循环播放。

天真已经死去。在他们的眼中,阿信看到灰烬漫天飘洒,大地失去了令人惊奇的表情,大海变成了没有故事的眼泪,而行走在其间的人们,也只是喧嚣尘世间的一撇和一捺。

那些纸上谈兵的商业模式专家,那些把资本当作万物标尺的运筹帷幄者，那些对故事闪烁着贪婪之光、显露出傲慢之见的人，那些天真的终结者们，他想，终归是无法理解好故事的法门的。

而恰恰是这些人，开口闭口间，把成为迪斯尼的愿景说得轻如鸿毛。可他们不知道，也许他们将永远不会知道，没有天真的初心和梦想的真情，只是一句浩浩荡荡的废话。

晚餐之后，秘书提到的"音乐会"终于开始了。钱正义的歌唱家朋友们悉数登场。他们没有"盛装出席"，也没有站在庄园音乐厅的舞台上，只是穿着轻松的便服，依偎在别墅奢华客厅的钢琴旁，依次放声歌唱起来。

阿信的穿着在恣意流转的歌声中显得硬邦邦的，秘书时不时投来讥嘲的目光。醉意在歌者的身体里荡漾着，他们的声音因而变得比平时更加高亢。

钱正义坐在客厅中心，跷着二郎腿，微闭着双眼，脑袋跟随着高低起伏的音符跳着舞。他的下属们便也像传染了同一种病，迷迷瞪瞪地摇头晃脑起来。

有人在客厅的角落里装点了气球，阿信不知道这是要用来庆祝些什么的。随着歌唱家的高音飙升，这些西瓜皮色彩的气球爆了起来——

一个，两个，三个。"啪""啪""啪"。

　　这不掺假的"音波功"神迹让阿信叹为观止。他看着破掉气球的残屑落在秘书的假胸上，但她浑然不知，仍然跟周围的人一起晃着脑袋，仿佛这爆破声是从歌唱家的喉咙里传出来的一样。

　　这种自己不知道的迟钝让阿信感到恐惧。

　　"音乐会"结束，人慢慢散去，房间也空了。与钱正义告别后，阿信带着他的小伙伴去安排好的酒店休息。

　　秘书这时又跑来了："晚上接着'杀'吧，还没'杀'够呢！"

　　"不了。"阿信摇摇头，答，"我们喜欢做梦，不喜欢'杀'人。"

　　"这个世界就是个游戏，你不多玩玩，怎么升级呀？"秘书不悦。

　　阿信笑了，边走边说："世界是世界，我是我。"

17

船长之心

爆点来了。

淘淘将征集编剧的消息公示后，它就如同一场自我酝酿的风暴，所向披靡地席卷着遇到的一切注意力，冲撞着惊讶和激昂的风沙遮天蔽日。公众号的留言区排起热情的长队，微博没隔几分钟就会响起转发的提醒。茅毛在电脑前埋着头，痛苦却又享乐，她的身份变成了一个分拣着海量信件的邮递员。

淘淘看了几天资料，乐了："大神和小鬼都来了，这次该淘出几块大金子了！"

一天，鹿蓓转来一个微信。财经圈一向以尖刻和戏谑著称、粉丝百万的自媒体大号"青狮汇"刊登了时评，为"故事星球"的这次创想打出了罕见的专业级高分。

"火烧得够旺的。"语音中，她笑得欢喜，"我认识几个媒体朋友，再给你们添把柴！"

谢过鹿蓓，阿信在心中暗自盼祷，希望这条新路可以走得长久。

肖仁的面试日是在一个细雨绵绵的周三。阿信理了理简历，从座椅起身。路过茅毛的座位时，他说："过来听听吧。"

在会议室，阿信见到了一位西装革履、面容精致的男人。

"你好，我是肖仁。"他干练地伸出手，与阿信轻握了一下。

茅毛把水杯放在他面前："请喝茶。"

肖仁没有回应，也没有看她，只是似有似无地点了点头。

简历阿信是早就看了几遍的。肖仁比他年长，毕业后走南闯北，从快消品公司的项目经理到影视公司的项目总监，他成长的速度很惊人，不苟言笑的瘦削面孔上写满了老道的经验。

在与肖仁的谈话中，阿信发现他精明、机警又圆融。在那双眼睛里，阿信还看到了钱正义打量世界的样子。任何问题，他都答得尽量滴水不漏，即使是在需要肆意畅想未来的时刻。他的脸像是工业园区里一片缄默的深湖，专业的高墙围绕，却无法给人以泛舟其上的欲望。黑纹领带和爽朗热情一起，被紧紧塞进了衣扣里。在他离开的时候，那种精确无误的告别所产生的咫尺天涯的距离，也让他如同一片谜样的乌云，无法让人推测其中潜伏着怎样的灵魂。

"请慢走。"茅毛拉开门，恭送肖仁离开。

他仍然目视他方，并无回答，只是与阿信再次握手，依旧很轻。

肖仁的背影渐行渐远时，阿信很犹豫。肖仁几乎是一块职场的能力模板，挑不出什么硬伤，但他唯一缺少的就是天真。这是他跟"故事星球"上的土著居民们最明显的不同。与肖仁相比，他们简直就像一群疯子。但正如钱正义所说，组合的力量也许更强大，毕竟阿信希望建造的是一个开放的星球。况且，他唯恐错过，在行为经济学上，这叫"结果偏见"，用他自己的话来说，就是捉到老鼠的猫不一定是好猫，但也不一定是坏猫。

"怎么样，觉得？"阿信问茅毛。

茅毛只是笑得清静。

踌躇了几日，他决定给肖仁一张通行证。有的人的天真是能一眼望穿的，还有的可能埋在泥土里，他希望浇浇即将上任的COO，看看能够种出什么瓜，结出什么豆。

入职那天，肖仁到得最早。在鸟笼的风格中，他显得很庄严，坐得像座雕像。他问茅毛要来了财报和月报，把一张两个专员的招聘需求单放在了阿信的桌子上，一切事情，他都做得行云流水。只是，他把办公桌上的手办和绿植通通移到了文件柜里，仅放一台笔记本电脑，仿佛无尽荒原中的一座孤独基地。

与钱正义紧密联络的频道似乎也重新开通了。一个下午，钱正义传来讯息："来喝杯咖啡吧，带上肖仁。"一如过往，他们坐在星巴克的沙发音乐中勾画着"故事星球"的蓝图。不知为什么，如今每次见到钱正义，阿信仿佛在看一张不断褪色的照片，照片中的人像被时间的巨流反复浸洗和吞噬，清晰度和饱和度落荒而逃，只剩下一些没有弹性的特征和线条。

"肖仁原来在我投资标的的公司高就，是位不可多得的人才呀。"钱正义望着阿信，眼中闪动着他似曾相识的光泽。

"钱总过奖了。"肖仁略微扬起嘴角，说，"'故事星球'的商业前景也非常可观，能加入这个团队，说明我和阿信有缘，也有分。"

"说说，关于商业前景，你怎么看？"钱正义问。

"以目前故事版权的储备量和即将开发的App来看，我觉得明年年底就可以启动A轮，估值不会低于三个亿，三年以后就可以运作新三板了。"

"好！"钱正义语带快意，又问，"那再说说，现在有什么问题？"

肖仁停顿少顷，看了阿信一眼，很快又将目光弹落在钱正义的肩头，答，"只要不出大方向的偏移，问题应该不会太大。只是，有的项目，略显多余，又耗时耗力，应该慎重。"

"但说无妨。"钱正义喝了口咖啡，拿杯子的手停在半空。

"团队的业务核心，应该放在版权和运营上。找编剧和拍短片的事情，不应该是这个阶段干的事情。尤其还需要高预算和高人力，从运营的角度，这不够理智。"

钱正义沉浸在思考中。

"肖仁，你刚来，这个项目的前世今生，你可能还不太了解……"阿信试图让事情回到正轨，提醒道。他没想到，这个钱正义亲点、团队全票通过的项目，竟然被新来的"自己人"反对了。

"阿信呀，海纳百川，有容乃大，肖仁的话也是经验之谈，建议你也想想。策略嘛，本来就是一件需要CEO与时俱进的事。"钱正义打断了他。

然而，阿信此刻并没有觉得自己像个CEO，倒是看起来句句不离"估值""上市""新三板"的肖仁更能担此重任，而他，只是位一心想打磨掌心梦的产品经理。

自从三人会面之后，阿信感觉到了钱正义的犹疑——已经获批的项目预算迟迟没有到账，而往常这个流程不会超过两周。征集活动进展得如火如荼，但他却如坐针毡，不由得忐忑起来，耳畔仿佛隐动着阵阵雷鸣。

阿信果真仆街了。

在耐心爆表之后，他拨通了钱正义的电话。听筒那头，是一个略带遗憾的未来学家的声音。他看见塑料质地的真知灼见铺就的台阶，而钱正义正站在高处演讲。他表演着权衡利弊，声调仿佛振警愚顽却又楚楚动人。他将一些含混不清的原因排兵布阵，然后丢出一句代表终结的将军令："这项目，我琢磨，确实干得不合时宜呀。"

"钱总，项目批了，宣传发了，现在停了，不好吧？"阿信喉中有种炸裂感。

"现在就停，为时不晚哪。我也是反复掂量，才想清肖仁邮件里的观点。两种损失，总要选取最小的一种。何况现在也没有什么实际损失。"

"是没花什么钱，但我们损失的东西，比钱更贵。"阿信话中亮剑。

"夸大了，要会做减法。哪个公司没遇到过忍痛割爱的事情？正确的风向在哪儿，舵就要往哪儿驶，哪怕开始走错了。"

对破浪和探求的船只来说，存在所谓绝对正确的风向吗？放下手机，阿信想，新大陆的坐标未知，航行最大的庇佑，应该就是船长之心呀。据理力争的失败让愧意嗡嗡作响，他手脚紧贴转椅，久久不愿起身。他害怕视线一旦越过电脑屏幕，就会被一群理想者激昂而辛劳的画面撞击得支离破碎。当理智占了上风，他硬着头皮把三个人请到了会议室。

　　当他把窘境和无奈在摆在桌面，淘淘和阿飞面若惊魂，肖仁却静如止水。

　　"怎么善后，都谈谈吧。"阿信问。

　　"我先说吧。"肖仁转头，却始终没有与阿信对视，目光像一只蝇虫，只是幽灵般地落在他的耳边，"应该马上停，征集才刚开始，解释权又在我们手里，一张声明就能搞定了。"

　　"新来的，你说停就停啊！"淘淘站起来，火气烧焦了言语。自从肖仁来了，淘淘的策划案被其一次次压下，又在工作习惯上与之摩擦不断，他终于点燃了这座积郁已久的火山。

　　"我是在用专业和经验提供解决问题的方案。"肖仁抬起头，冷对道，"另外，我不叫'新来的'，我是你的汇报上级，请注意你说话的语气。"

　　阿信瞥了淘淘一眼，他觉得火山就要爆发了。

　　"你先出去冷静一下。"阿信说。

"需要冷静的是我啊！"淘淘瞪圆了眼睛，窦娥附体般，声音里面撒满了玻璃碴。他咽了几口恶气，头也不回地闯入了宁静的走廊。

阿信看看阿飞，偏了下头，说："灭火去。"

阿飞起身走了出去。

虽然肖仁坐得镇静，但耳根却渗出了暗暗的殷红。

"为什么这么反对这个项目？"阿信问。

"我只是在做我该做的事。我加入，就是为了给公司增加价值。对于无法带来价值的事情，我有提醒的义务。"

"什么是价值？"阿信又问。

肖仁轻笑一下，但转瞬即逝："你肯定明白我说的价值是什么。举个例子，我已经了解过，我们公司符合不少政府扶持资金的申请条件。如果把花在这件事情上的精力去申报那些资金，对我们来说意味着什么，对投资人又意味着什么？这就是价值。"

阿信沉默了。

此刻，他意识到，肖仁真的是一个不再天真的人了。

少顷，他只是回了一句话："以后写工作邮件，都要给我抄送一份。"

几天后，茅毛上传了一封阿信署名的致歉信。此起彼伏的热情瞬间熄灭了。四面八方传来了叹惋声、抱怨声、抚慰声。尽管他写得情真意切，但这些音区中，面积最大的，还是激愤声。投诉邮件一封接一封，负面评论一条接一条，甚至还有对此抱有春秋大梦却在一夜之间梦碎而归的参与者联合起来，在微博发起了"故事星球，请滚出我们的星球"的话题接龙。

"昨天还是香饽饽，今天就成臭鸡蛋了。"茅毛边叹气边摇头。

看着"故事星球"的公信力正岌岌可危，往日辛勤栽培的良心口碑在土崩瓦解，阿信的心中也是一片狼藉。

又过了几天，他问茅毛："'故事星球'吉祥物的设计定稿出来了吗？"

"出来了。"茅毛答，"我们星球娃娃的萌蠢度能跟熊本熊比肩呢，客户一定会喜欢的。"

"先别送客户了。"阿信说，"你去统计一下，给每个参赛者都送一个星球娃娃。"

日子不断地往前跑，吉祥物也带来了吉祥。咒骂声渐渐偃旗息鼓了，但是阿信看到，送出去的可爱娃娃却连成了一道丑陋深刻的伤疤。

18

创新的基因

阿信坐在夜晚的宫殿里。他的周围空空荡荡，理想的肉身仿佛已经被飓风般的粒子分解，只剩下现实枯白的骨架斜交乱生，闪烁着铁青色的月光。他的目光停靠在办公桌上，却感觉到海流汹涌，一只被风雨和冰霜刺破的船帆正在飘摇。

　　他打开电脑中的一份策划案。这是团队几经打磨的"故事星球"首次故事发布会的创想。其中激荡的奇思妙想安慰着他，鼓舞着他，如同杂音万象中的一盏明灯。鼠标滑动着，他的心获得了片刻的安宁，他思量着，晦暗的当下也许能被期待中的未来更正。

　　思绪淡去时，大福的咳嗽声此起彼伏地传来。阿信站起身，走到令人担忧的声源旁。

　　"咳了得有一个月了吧？"阿信边问边环顾四周，他在大福脚边的垃圾桶里看到一些沾着浅血的纸巾团。

大福眼不离屏，双手敲打着键盘："没什么事，老毛病，慢性咽炎。"

阿信看着不是滋味。他抓起大福的一只胳膊，用力一拉，说："走，去看看。"

"哎……这代码还没写完呢！"大福没回神，就被跌跌撞撞地拽走了。

在急诊输液区，吊瓶里的药水滴滴答答。阿信看到大福打起盹儿，就起身去找医生。

他敲门走进办公室，问："没事吧，大夫？"

"先吊几天水，看看效果吧。"戴棕框眼镜的医生答，"即使好点了，最好也要做个全面检查。身体是革命的本钱，你们年轻人干事业，得重视起来。身体没了，革命也就跟着没了。"

阿信点点头。

当护士把针头从大福的血管中拔出来时，阿信对大福说："你回家休息几天吧，有我呢。"

"不用，没那么娇贵。"大福按着止血棉球，憨笑。

"我没在跟你商量啊，这是公司给你的红头文件！"阿信一脸严肃。

大福愣了下，笑了："行，行，大老板。"

把大福送上出租车，阿信回到办公室。他靠在转椅上，微闭着眼睛，想了半晌，给茅毛发了条微信留言："安排一个时间，该体检了。"

　　不到一分钟，阿信就听到了嘀嗒的回复提醒声——

　　"小伙伴们都在血槽满满地筹备发布会呢！忙完这段，马上安排！"

　　阿信看看时间，又问："还没睡呢？"

　　茅毛回："血烧得咕嘟咕嘟直响，活干得根本停不下来呀！"

　　"别贫了，赶紧睡！"

　　"遵旨。"

　　阿信笑了，但很快就被冷峻的夜色抚平了嘴角，他才发现自己其实倦得很。他趴在桌边，在银色蛛网一样无限延伸的睡意中闭上了眼睛。

　　阿信走进了一个长梦里。

　　在晶莹剔透的梦境里，他在闪烁的光波中看见了无数个橱窗。橱窗里面是活起来的故事——戴着红色贝雷帽的优雅少女睁开了第三只眼睛，一台黑色的打字机正在白色的书桌上自动写作，长着鱼尾的鲜花聚集在一起吞云吐雾，以及数不清的星星像大雨一样从窗玻璃中落下……这些橱窗被悬挂在破旧的运输缆绳上，缆线沿着地球的经线和纬线纵横交织。在弥漫的蒸气中，他的耳畔依稀能够听见机器的轰鸣，看见月球的暗影。

他的头顶，一条条长着翅膀的银蛇在盘旋和飞升。他看见阿枝和她的男朋友坐在一条银蛇上，飞向月光所不能抵达的黑暗中。而鹿蓓，正坐在停于半空的蛇头上对自己微笑。当他疾步上前，想去打个招呼，忽然发现大福被装在一个橱窗中，像是来自另一个世界的使者，在平静地望着自己。他们隔着玻璃，视线交错，擦身而过。大福沿着缆线上升，渐行渐远，月影星星点点地吞噬了他。

在追逐大福的脚步中，阿信醒了。

日光像一把火，融化了他心中的一块冰。他知道在清晨片刻的混乱中，愧疚、怀疑、恐惧都会在冰水中，像狼群的眼睛一样盯着自己。如同往常，他在这次交锋中险胜，抖擞了精神，去面对新的日子。他拿出一张纸，把梦记了下来。

几周后，他用梦的材料去建造了一座城邦。这座城邦里，他们举办着筹备已久的故事发布会。发布会的主题最终被定义为"复古的未来"。受邀的合作伙伴和媒体记者走进国家会议中心偌大的展厅中，穿梭在一个个"故事橱窗"间。在鹿蓓的建议下，每个科幻故事的布置都交由一位艺术家打理，经典的艺术基调中装点着五光十色的未来。

淘淘为每个重点展示的故事制作了电影般的预告大片。每当一段短片结束，作者就会被邀请上台，在一个环形的舞台中心讲述这个故事的往事和未来。在长鸣的掌声和接连的喝彩中，阿信知道，事做成了。

参会者人手一个印着公司标志的宣传气球，这是茅毛的主意，待到会议曲终人散，一地的五彩斑斓。在散落的气球中间，阿信松了松领带，解开颗扣子，陷在座位里。没过一会儿，阿飞兴高采烈地拍了拍他的肩膀，一张打着蓝钩的长名单滑落在眼前。

"想来合作的，开始排起长队了！"阿飞兴奋得手抖。

阿信春风满面，心里却静若止水。这种静，也吓了他自己一跳。他原本以为，如果"故事星球"能够立传，此刻的光辉应该是浓墨重彩的一笔，却不料自己的胸中竟然如此云淡风轻，仿佛特朗斯特罗姆的一句短诗。

山爬久了，一路磕磕碰碰、摸爬滚打，翻过山丘时，大抵都是如此吧，阿信心想。但他也明白，还有个原因藏在山中密林的深处，那就是对于创业公司来说，这个时刻，只能说明生存下去还有希望，但离活得很好，还远得很。

过了几天，从淘淘收集的新闻中，阿信更加确定，事情没有偏离预想，"故事星球"又开始耀眼地旋转起来了。可他心里想的，却是另外一件事。他浏览了一会儿茅毛整理的体检方案，准备叫她过来商定。这时候，肖仁来了。

"有事？"阿信问。

"看看这个。"肖仁把一叠文件放在桌子上，眉目掺着笑意，说，"这个创新资金扶持的申请马上要截止了，公司条件都符合，可别错过了。"

阿信翻动着纸张，他看到了一笔不大也不小的数字和密密麻麻的申请细则。

"符合吗？"阿信看到其中一条细则，又问，"研发经费我们花过这么多吗？"

肖仁笑得有些尴尬，但很快便义正词严："就差一点点，我已经找了些发票，不打紧的。"

"这些事情你还一直挺上心的。"阿信把文件放回桌面。

"公司现在正是需要钱的时候嘛。"肖仁在对面坐下，跷起腿，说，"我有个做动画的朋友，他们公司每年大大小小的资金申请下来，不但能养活所有人，还赚了一大票。"

阿信以沉默作答。

"这笔资金数目虽然不大，但多少是笔钱呀。"肖仁又用手轻轻敲了敲桌沿。

阿信望了望忙碌中的其他人，对肖仁若有所思地笑了笑。

　　又过了几天，阿信带着肖仁准备的资料去文资办参加项目评审会的经营者面试。在他步入机关大院的审核楼层时，一些大学生模样的男孩正在匆匆向外走。他们的脸上，涂满了挫败。虽然阿信并不知道他们正在做的项目是什么，但他从心底喜欢这群孩子，因为这样的表情他再也熟悉不过，这是一种纯挚的理想被现实的拳头狠狠搋过的样子。

　　时近黄昏，斜阳映照着等候的走廊，地面闪烁着深沉的金色。阿信坐在阴影中的座位上。光区中，两个候场的男人正在轻谈——

　　"申报几个了？"

　　"不多，才四个。"

　　"你们万得集团还缺钱呀？"

　　"白给的钱不要干吗？"

　　"这话我爱听。"

　　"你看人家保拉集团，每年子公司、孙公司上百家，不都轮番上嘛。"

　　这些话，像耳膜中的一群闯入者，让阿信心中宁静的大海翻腾起来。他想起刚刚那群男孩子的脸，这些脸在时间的回光中渐渐重叠融合，变成了一张脸。这是他自己的脸。这如火如炬的目光中，充满了对创新的渴望。但此时，他的双手却拿着一堆注水的数据，和四面八方的同党一起，蠕动着，准备钻入体制的漏洞。

低下头，他看到手上长满了令人生厌的黑癣，这肮脏的赘生物让他心痛。

条条大路通罗马，但他想选的，是一条能让自己尊敬自己的路。

创新是需要一种仪式感的，在有些时候，它甚至应该是桀骜不驯的，如果用一种错误的姿势去做正确的事情，如果把一个正确的人放在一个错误的队列里，那只能离初心越来越遥远。初心，阿信暗自想，不是你该成为的一个人，而是你想成为的那个人。

在等待的中途，阿信站起身，收拾好资料。他把自己当成一个洁癖症的患者，离开了病菌肆虐的现场。在黄昏的尾光中，他走出建筑的阴影，走向了太阳的国度。

阿信是后来才知道的，钱正义很生气。

钱正义是怎么知道的？他的脑海只闪现了一张面孔——在他们孤小却美丽的星球上，只有肖仁的瞳孔中能看见钱正义的影子。但阿信无暇他顾，心里只惦记着大福。他起了个大早，瘪着肚子，跟着带队的茅毛体检去了。

他按照流程挨到最后，抽完了几管血，棉球都没按紧，就去找大福。

"都好着呢吧。"他问得平淡，心里却急迫。

"没什么大事。"大福咳了几声，一声比一声凶。水吊了几个疗程，情况却没好转。他睁着眼睛，红血丝泛滥，"就是拍胸片的时候，医生说有些阴影看不清，让去大医院查查。我觉得是小题大做了。"

"去，必须得去！"阿信回得斩钉截铁，没发现胳膊上的出血口还在冒红。

19

人不是一个复数的词

阿信彻底仆街了。

在陪大福去医院拿复查结果的那天，医生把一份"肺癌"的诊断书放在他们面前。大福当场蒙了，一句话也说不出来。阿信只当听了天书，不相信自己的耳朵，翻来覆去地去看诊断书。

"别翻了，赶紧住院治疗吧。"医生有些不耐烦。

"会不会搞错了？"阿信固执地问。

医生白了他一眼："你觉得这种事情，我们三甲医院能随便搞错吗？"

"这……太突然了。"阿信也蒙了。

"小伙子，没什么突然不突然的。"医生抬起头，眼神中投射出一种职业化的同情，"恶性肿瘤的发病跟很多因素有关，有遗传，有环境，有不良习惯，有的病人查出来的年龄更小。你们当下该做的，是跟医院好好配合，积极治疗。"

大福面容仍旧呆滞着，仿佛灵魂暂时离开了。

医生理了理病历，问阿信："你是病人家属吗？"

阿信摇摇头。

"那请你出去一下，我要跟病人单独谈一谈。"医生示意大福坐下。

阿信点点头，关门出去了。

他步履蹒跚，像个老人。走廊嘈杂，但他什么也听不见。他一直走到楼梯间。楼下有群人在抽烟，浓雾般的白烟涌动着。他靠着墙壁，慢慢地向下滑，一直滑到世界的最深处，那里有无数双手指着他的鼻梁。黑暗中有个声音在问：如果没有创业的灵光，如果没有拼搏的昼夜，如果没有含苞的理想，是不是就没有像假的一样的今天？有一种力量，撕裂着他身上的原子，分解着现实的像素，在云山雾海中闪烁着一种叫作泪光的东西。这力量几乎将他打垮在地。他花了很久很久，才从地上站起。

"要不要通知叔叔阿姨？"大福从医生办公室出来时，阿信问。

大福说："先别。"

过了几天，钱正义约阿信喝茶长谈。

在杯壶之间，阿信两眼却隐隐放空，耳边回荡着钱正义镶金画框中的生命观。这场钱氏安慰就像浮光掠影，并没有激起阿信心中的涟漪。

告别时，钱正义对阿信说："人是咱们的人，人病了，不能不管，医药费的事，有需要就开口。"

这句话让阿信冷了许久的心回暖了些。

但很快，零星的火光就又被扑灭了。

钱正义又说："人有天命，我们尽人事就好了。但你要知道，无论你做什么，有时结果都一样。调整好心态，公司还得向前看呢。"

阿信终于明白了，钱正义口中的"人"和"公司"一样，都是一个复数的词。但对他来说，大福是一条活生生的生命，不是对方口中对生命泛泛而谈的冷漠。然而，他转念一想，即使这句话让他感到愤怒，他又有什么理由去反驳它呢？在人的生老病死面前，他瘦小的身躯又显得何等的无能和无力呀。

手机响起了新邮件的提醒。阿信知道，这是阿飞将这一季亮眼的销售数据发来的信号，但是他却感到自己从来没有像此刻这样失败过。

钱正义没食言。当大福做完 EGFR 基因检测，医生建议其服用与之匹配的靶向药物特罗凯时，钱正义掏了腰包，付了第一个月的药钱。虽然效果良好，但大福仍需定期住院化疗。阿信的生活分成了两半，只要不在公司，他就陪着大福 —— 无论是在病房还是在公寓。他跟大伙儿商量了下，把年度旅游的经费省了，给大福找了一个护工阿姨。

可大福似乎并不甘心去扮演一个病号的角色，只要不说话不睡觉，他就"噼里啪啦"地敲打着小床桌上的电脑。

"别敲了，你比工作金贵！"有时，阿信会踢踢床腿。

"我还没辞职呢，别剥夺我作为一个员工的权利！"大福没看阿信，手依旧敲个不停，回道，"也别剥夺我最后一点乐趣。"

阿信看到了大福目光中的倔强，只能轻轻地叹口气。

化疗的那周，鹿蓓来了两次。第一次，她说自己路过，放下一本《西藏生死书》和一篮水果就走了。第二次，她陪大福说说话，几个小时就过去了。在与鹿蓓那次共进晚餐之后，他们常常在一个摆满了各色动物玩偶的咖啡馆碰头。其实阿信觉得很诧异，两个易燃易爆元素在一起放久了，不但能彼此相安无事，而且还能互通有无、心心相印。

有时候，阿信甚至发现鹿蓓仿佛比自己还要了解自己，就像一块拼图碎片找到了连接它的伙伴。这段时间，鹿蓓更像是"故事星球"的驻外居民，对母星上的重大变故了如指掌，并时常侠骨柔情、出手相助。当阿信敬以谢语，她却总是摆摆手，说："谁让你们公司是我的头号目标呢。"

临走前，鹿蓓对阿信说："我们在天津投了一个抗癌药物的研发公司，有个新药，还在临床阶段，目前来看，效果特好。试试吗？"

阿信喜出望外："试，一定得试。"

"OK。"鹿蓓笑笑，她已经好久没看到阿信这样高兴过了，"可能还得做一个基因突变点的检测，回头联系你。"

在大福睡去的时候，阿信才会打开笔记本工作。但有时候，他只是翻翻鹿蓓带来的书，或者什么也不做。他坐在窗边，凝视窗外，似看非看地面对着远处一片荒废的古园。园内人迹罕见，蔓藤盘绕。在交错的枯枝间，他才发现，已到隆冬时节。冷风清扫着地面。一片枯叶在阴云下回旋。这凋敝的园子渐渐蔓延成一片没有尽头的荒原。只有这片叶子，在萧瑟的大地上跳着天空之舞，仿佛一位飞向时间深处的旅人。他觉得这片叶子带着宇宙的秘密，很想去问问它，生命与逝去该作何解答，欢喜和恐惧又该如何度化。然而，叶子沉默着，倏忽地，就消失在天边的云影中了。

在大福服药两周的时候，钱正义的秘书给阿信打来电话。

"想问问您，靶向药物的效果怎么样？"秘书问，"如果效果不好，希望能尽快告诉我。"

"你什么意思？"阿信回道，"这才吃了多久，怎么知道究竟好不好？"

这时，他忽然意识到大福正在看着自己。他停顿了几秒，走出门外。

"您别误会，我就是问问。"秘书解释说，"就是这药挺贵的，要是真的效果不好，不就浪费了嘛。"

挂了电话，阿信一肚子闷气。他知道秘书是不会对鲜少打过交道的大福关心备至的。看来，信誓旦旦的慈善宣言原来终究只是一副空心的人肉皮囊。

阿信想了想，拨通了钱正义的电话。

"钱总，您方便吗？有件事想跟您商量。"

"我方便，你说吧。大福的治疗还顺利吗？"

"就是想跟您说这事。想来想去，拿您的钱去买药也不太合适，我想让出我的一部分股权给您，这样我心里会平衡点。"

"说这话就见外了，咱都是自己人。"钱正义话声大了，语气却没起伏。

"我已经决定了，希望您尊重我的意愿。"

"那行。就按你说的办吧。"

回到病房，大福又看着阿信。

"我没让你为难吧？"大福问。

"怎么会？"阿信尽力嬉皮笑脸，"都顺得很。"

又过了几天，钱正义发来微信："在公司吗？"

当天，阿信正好要陪大福去做核磁共振，就回道："在医院。"

"没事，我过去看看。肖仁在也行。"信息回复得极快。

阿信有些纳闷，钱正义从来没有在自己不在的时候去过公司，是什么风此刻会把他吹来呢？阿信的心里布满疑云，但很快，他就把这种敏感归结为杞人忧天，用阳光驱散了阴霾，帮大福去排队和预约检查了。

一天，在医院附近的咖啡馆，阿信刚刚送走约谈的老客户，手机就传出了新邮件送达的叮咚声。他坐回原位，把剩下的咖啡一饮而尽，瞪大充血的眼睛，滑动着显示屏。

邮件是美国的杰克曼发来的。

自从肖仁走马上任后，阿信就把国际杂志的专栏项目交给了他。是什么事要让杰克曼越过肖仁直接来找自己呢？

伴随着疑问，邮件被操劳的手指打开了——杰克曼告诉阿信，肖仁正在策划一个专栏小说集的中英文出版项目，但整个专栏项目的总策划写的却是他的名字，作为这次开垦先河最重要的促成者，阿信的名字没有出现在任何地方。

杰克曼觉得很不妥。

其实阿信本无所谓，只要是"故事星球"的光荣事迹，又何须细分你我他呢？

只是，阿信分明感到了一种"间离心"。这是一种必须得分出你我，一决高下的职场特技。然而，创业之初的公司是一个最特殊的职场，是一片你中有我、我中有你的梦的海洋，是一个荣辱与共、齐心跳动的赤诚王国，对它的根基来说，最大的破坏者便是这种无色无味的"间离心"。

"查查，怎么回事？"阿信给茅毛发了微信。

几个小时后，茅毛回信了："你最好回来一趟。"

帮大福准备好晚餐，给阿姨交代好事情，阿信就去挤地铁。时值下班高峰，他被挤得鼻青脸肿，像张破报纸，摇摇欲坠地回到办公室。

周末的傍晚，肖仁的部门已经散了，阿信的人都在。

茅毛急匆匆来找阿信，她点点手机，然后递给他。

阿信看到手机上是些照片——写在会议室黑板上的公司新的组织架构图。

"你在医院这段时间，肖仁成天开小会，有时还会拉上钱总，但他从不让我们参加。"茅毛话中带气，"估摸着也没什么好事，这不，今天偷拍了几张照片。"

这些模糊的组织架构图与阿信最初的"星球蓝图"已经相去甚远。

"不用偷拍，下次硬气些，明拍。"阿信放下手机，看着茅毛说，"你兼着我的助理，帮助CEO了解公司进程，这是责任，也是权利。"

茅毛脸上绯红，然后目光笃定，用力地点点头。

阿信拿起手机，又看了看照片，他无意中发现会议桌上还放着两份策划案。他放大图片。这是参加国际科幻大会和成立作家工作坊的创意方案。这些方案都是肖仁在入职之初，阿信推心置腹、巨细靡遗讲给他听的点子。

此时，这些点子已经有了新的主人。

在扮演自己志同道合的有缘人这个角色上，阿信很佩服肖仁，他几乎是不费吹灰之力，就择出了"你的"和"我的"。

作为创业者，阿信想，必看的电视节目除了《新闻联播》，还应该加上《动物世界》。

茅毛走后，阿信闭上了眼睛。心中长出了一些硬如钢丝的疲劳，他用力地捏着自己的睛明穴。这时，有人轻轻敲了敲他的桌子。

"都还好吗？"胡力穿着"黄蛋"标志性的黄T恤，靠着桌边，问候道。

阿信耸耸肩："有事？"

"你不在，这里乌烟瘴气的。"胡力回头指指不远处的一排空桌子，说，"叫肖仁，是吧？还没招全人呢，就开始划地盘了。不过都给我否了，这桌子就算空着，也不能给这种人。"

"哟，看来'黄蛋'里也有明眼人呀。"阿信靠在椅背上，望着胡力，又叹口气，"老虎不默许，猴子也不敢称霸王。"

"我知道咱们不对付。"胡力不好意思地笑笑，说，"但是非善恶，我总还是分得清的。都是创业者，有些事是不用明说的。我们也是真的看不下去了。"

说完，他把一个厚信封放在阿信桌上。

"你们的事我们都知道了，不知道送点什么，你看着买吧。"胡力说。

阿信把信封往回推："拿回去！"

胡力伸手按住："一点心意，不要可就是看不起人了！"

阿信看了看胡力，把手伸回来。他站起来，说："代大福谢谢你们。"

胡力轻摇了下头，把一个EMBA的课程申请资料递给阿信。阿信接过资料夹，翻了翻，颇感意外。

"你加班的很多晚上，我就坐在不远的地方。你在做每一件事，跟团队成员说每一句话的时候，我都能感觉到，没有人比你更爱你正在做的事情了。也许，有人比你更有管理经验，但是他不可能比你更了解你的'星球'，他也不可能拥有你拥有过的东西。"胡力说着，转身准备离开，表情又变得跟从前一样拧巴，"虽然我看你很不爽，但如果'故事星球'被别人抢走了，我会更不爽！"

看着胡力远去的背影，阿信笑了。

好在《星球规划局》的电影化进展得风调雨顺。自从导演小文接手后，项目便上了快车道。剧本被细致反复地打磨了许多稿后，终于也风风火火地出炉了。微光影业凭借其丰富的操盘经验和行业资源，很快就搭建起了一个理想的制作班子。

电影开机仪式那天，阿信和费斯一起，双手举着高香，和主创们一起鞠躬祈拜。媒体记者们忽闪忽闪的灯光让他想到了故事的结局，那是一次悲壮凄美又隐含诗意的反抗，在同为人类的伙伴们一个个被绑架，从而落入那荒唐的困局时，石头和他的粉发妻子却在工程师的帮助下飞向了苍穹。

阿信无比清晰地记得那个场景——

飞船在轰隆。星空在闪烁。心鼓在长鸣。

石头紧紧抱着妻子。他抚摩着她的头发，在一个全然陌生的外星飞船里。

他看到地球离他们越来越远。无垠的黑暗交织着冷银色的光辉。

他们被未知包围着，他们被渴望引领着。他们正在驶向世界外面的世界，无怨无悔。

摇动的船舱中，石头亲吻着妻子的额头。

睡吧，亲爱的，他说。他把妻子放平，用外套垫在她的脑后。妻子的手臂包扎着白布，已经被鲜血染成黑紫色。他说，睡吧，亲爱的，明天就是新的一天了。

不，妻子微笑着，颤抖地说，明天将会是一个新的世界。

是吧，阿信对自己说，明天将会是一个新的世界。

20

失败者的美丽

然而，阿信还是仆街了。

第二天，淘淘带着茅毛来看大福。寒暖问候之间，淘淘看见茅毛微微湿了眼眶，他也没了往日的神神道道，冷肃的表情中还混杂着一种古怪的氛围。

和大福聊了会儿，淘淘对阿信说："出去抽根烟吧。"

阿信点点头，跟他离开了病房。

在住院楼的草坪旁，淘淘掏出烟盒，倒出一根香烟，给自己点上。他没递给阿信，因为他知道对方从不抽烟。

"说吧，什么事？"阿信问。

淘淘露出一副火山脸，直勾勾地看了会儿阿信，终于爆发了："真他妈受不了这孙子了。"他猛吸几口烟，又把烟扔了，一脚踩灭。

"有话好好说，别随便咬人。"

"昨天肖仁把钱总请来视察工作，其实就是个鸿门宴。"淘淘翻了个白眼，"他给自己歌功颂德一番，说错过上次的扶持资金没关系，自己还能再找几个。"

"不挺好的嘛？"阿信觉得淘淘翻白眼的样子很逗，"给公司创收啊。"

"你还有心情开玩笑呀！"淘淘脸上着火，"钱总问起公司的经营状况，他就猴子称霸王，乱点江山一通，说经营应该更上一个台阶，但现在之所以没有更好，就因为……"

阿信看看淘淘欲言又止的窘迫，索性帮他填了空："因为我，对吧？"

"他说的是公司的规划有问题，你又时常不在，"淘淘话说得跟子弹似的，"他那群人，你方唱罢我登场，附和得都没人形了，就等着钱总说出那句话了。"

"那群人"是谁？阿信再也清楚不过了。这些人是肖仁亲选的两个运营专员和两个实习生，但在阿信看来，他们的风格与"故事星球"迥异，更像是从内部吞噬纯真的肿瘤。虽然阿信当时有些异议，但肖仁还是说服钱正义留下了他们。

阿信记得由于座位有限，肖仁离开"鸟笼"的那天，他带着自己部门的人坐在了对面的格子桌区，开玩笑般地对阿信说:"我要带出一支精兵部队,去建我们的罗马城!"

想起这句话,阿信突然笑了。随后,他问淘淘:"钱总什么意思?"

"还能有什么意思?你明知故问吧。"淘淘答,"一丘之貉。"

肖仁是要去建他的罗马城了。阿信也知道,罗马城也并不是一两天就能建成的,他对钱正义的反应一点也不意外。只是,他觉得肖仁在这个时候攻城略地,不仅不是同道之人,还是个掉价的人。

"我们昨晚商量过了。"淘淘对阿信说,"要是钱总换人,哥几个就集体辞职!"

"别这么冲动。"阿信拍了下淘淘的后脑勺,但他的心海却激荡着暖流 ——老年人的智慧是幽深的,年轻人的勇气却是澄澈的。

在自己的历史博物馆中,他对失败这把吉他再也熟悉不过了。虽然心中失落成沙,但他一点也不介意背起乐器,去辽阔的天地放声歌唱。他只是希望,这歌声能让亡使的脚步停留,迟迟不再迈起。

药物并没有让大福双膝跪地。他能忍受变着花样的副作用,除了掉头发。无论是醒来时枕头上杂乱交织的线条,还是突然从眼前像黑色的羽毛一样缓慢地飘向不知何处的深渊的片影。

有次，他吃着苹果，无意中发现果肉中混合着黏腻的几丝发迹，他便狠狠地把它砸向了身旁的垃圾桶。这是一种看到什么活生生的东西正在从自己身上逃窜的感觉，他说。

大部分时间，大福仍然默默无闻地待在程序的帝国中。那双盯着屏幕的眼神里，有些坚硬褪去的伤痕，剩下的，是种暴戾的温柔。这些密集的敲打声，如同千万僧侣共处庞然古庙，木质法器浩瀚齐鸣，如同祷告，也似等待，等待着来自苍穹的回答。

一个下午，大福敲键盘的手停下来了。他让护工去买些葡萄，然后对阿信笑了笑。

"你说，人没了，葬礼是不是都特无趣？"大福问。

"瞎想什么呢！"阿信答，"这事跟你没关系。"

大福轻叹口气，说："人走了，他的过往就成了一个谜，说过什么，做过什么，也就都不在了。火一灭，谁会想去记起一堆土灰呢。"

"你烧得正旺呢！"阿信走到大福的床边坐下，说，"明天还会更旺的。"

"这话你说了可不算。"大福把笔记本屏幕转了个面儿，朝向阿信。

阿信盯着满屏的字符，愣了。

"我不想葬礼上介绍自己的时候，被人念成一个假模假样的流水账人生。我正在做一件牛X的事情，走了，也要走得牛X。就算是一堆火灰，也要烫他们一下。"大福笑得轻盈。

扶着电脑，阿信没言语。

"练练吧。"大福用胳膊肘碰碰阿信，说，"趁我还能给你指导指导。"

沉默良久，阿信才慢慢张开嘴唇："大福，曾在世界上最牛X的公司'故事星球'担任技术大拿。这是他这辈子最骄傲的名号。现在念悼词的，是他战壕里的挚友。他们和其他的小伙伴一起，都是芸芸众生中最平凡的一分子。只不过这个世界太好了，所以他们要发起一场坏坏的'战争'……"

阿信才念了几句，哽咽就紧紧地勒住了他的脖子。

此后的几天，阿信的心中像被撕去了一块什么，空得发慌。他看到什么，听到什么，都如风过柳林，几乎什么也没留下。他唯一记得的，是天地间茫茫一片雪白，纷纷扬扬了好几天。

一个冰雪弥漫的上午，大福忽然对阿信说："去买几罐啤酒来。"

"反了你！"阿信动都没动。

大福把一个枕头砸过来："快去！"

当阿信提着沾满雪水的啤酒袋子，风尘仆仆地回到房间时，大福扔给他一个手机。

"星球建好了！"大福的双眼炯炯有神，喜上眉梢。他打开一罐啤酒，喝着大口的痛快。

阿信滑动着手机屏，仿佛走进了迪斯尼电影中的"明日世界"，激动像花种一样，开满了掌心的花园，一颗神采奕奕的星球正在他的眼前闪着光亮 —— 故事的展示以一种富含逻辑的队列向诗意招手，虚拟预告片的功能仿佛一面未来的魔镜让人魂牵梦萦，星球的创立者还在高声鼓励来到此地的访客们拿起扔在生活角落中的灵感，书写专门为其准备的《故事创业书》，通过特定的展示渠道让世界看到他们心中的奇梦……

幻想中的罗马城被大福用科技实现了。但让阿信心跳不已的，不仅仅是他来到了一座金色的城市，还在于他看见了一双天真无邪的眼睛。这双眼眸在风雪呼啸的时刻，在这个新生儿的脸上眨动着，将力量和热量注入心的缺口，让其愈合成了无畏和刚忍。这所有新焕发的能量只有一个目的，就是像父亲一样将这个孩子呵护在怀。

每个人都应该有属于自己的伟大生活，阿信想。他从犹疑的列车上走下，站在理想的站台上，尽管脆弱的汽笛不断嘶鸣，但他仍然紧紧握着这生活的手提箱。他很笃定，没有什么会让他退缩了，他走向眼前的漫漫长路，哪怕全世界都与他为敌，悲观和等待像荒草一样长满脚下的土地。

雪最大的那天，鹿蓓来了。她穿着红色的羽绒服，穿过雪原般的停车广场。在空荡的走廊，他们坐在结满冰霜的窗边，喝着鹿蓓带来的冷掉的咖啡，心里的火炉在熊熊燃烧。

"结果出来了，很匹配。"迷蒙的白雾没有遮住鹿蓓的灿烂，"那边还答应，可以帮忙去申请免费的临床实验用药。"

阿信站了起来，并没有注意到咖啡溅在了衣角。

"先坐着吧，"鹿蓓笑得很神秘，"还有个事要告诉你呢。"

阿信摇摇头："坐不了了，你说吧。"

"银杉想投你们，能给张门票吗？"鹿蓓抬起头。

"什么？"阿信还沉浸在方才的喜悦中，没大回过神。

"虽然还没做正式的尽调，但作为迷妹，我对你们还是了解的。"鹿蓓看着阿信，摇了下手机里"故事星球"内测App的界面，说，"我们都觉得非常棒，也谢谢你的信任。"

"挺好。"阿信笑中有些尴尬。

鹿蓓眼明心慧，又说："为了让你们更快、更强、更野蛮地成长，我们还准备收购金石的原始股份，相信价钱会让他们满意的。"

　　阿信站在寂静的走廊上，觉得整个冬天都在注视着他。

　　他能感受到，它正在用一种远古的雪语递送着神谕。虽然待到日头高照，人们将会轻易忘记天苍地白中自己的渺小身影，忘记这凛冽的世间覆盖着公正的律令，忘记生命如梭而我们只能被万物的和谐所拥有。阿信看到，风霜将王冠放在了大福的头顶，因为他的脑海里荡漾着银河般的梦想，闪烁着一个失败者才有的美丽。

创作谈：
每个人都应该有属于自己的伟大生活

彭扬

乔布斯去世的那一年，由于航班延误，有天我被困在了国际机场的航站楼。夜晚的登机口怨气盘桓，灯光炽烈，恍若白昼。我站在一间不远处的书店打发时间。乔布斯的传记排山倒海地包围了我。我注意到，拐角处的一本传记旁边，还放着另一本书：艺术家岳敏君的画册——封面那张荒诞不经的笑脸，看起来戏谑、解构，如同一个空空如也的玩笑。相较之下，另一张面孔神色肃静、深刻，闪烁着一个理想主义者的崇高。这两张面孔，让我至今记忆犹新，因为在我看来，它们象征了我们身处时代的精神状态的变迁。

我是一名连续创业者，但即使在创作《故事星球》这部我比较熟悉的题材的小说之前，我还是会感到困惑。这种困惑，正是来自那两张面孔的目光的凝视。我们的民族也许不笑的时间太久了，所以迎来了一个空前大笑的时代，这是我能理解的。但同时我也发现，我们低估了去描写伟大的、崇高的、深邃的、真挚的、美善的情感和生活的难度，在某种意义上，甚至是带有偏见的。而一个真实的优秀的创业者形象，我认为，是应该容纳这些品质的。他是一个创造者，对外部世界的建设而言，他是在"造物"，对内部世界的处理上，是在"造心"。

从艺术史的维度看，岳敏君"玩世现实主义"的笑脸倾泻的是时代的空虚，而在文学史上，"玩世"也是中国古代作家和知识分子逃避现实的一种处世姿态。但如果我们只允许"玩"，不允许"不玩"；只允许"笑"，不允许"不笑"；只允许"微小"，不允许"伟大"，或者带有一种不平等的眼光，那么，这是不是一种新的专制呢？而小说家的天职之一，我想，应该就是对抗专制。唐·德里罗在接受《巴黎评论》采访时有过类似但更为宽泛的表述："我们需要对抗性的作家，需要用写作对抗权力，需要用理想主义对抗同化机制的小说家。"

所以，我决定按照我的方法来写《故事星球》。在我的个人创作中，这是一次由"个人的情感"向"辽阔的体验"的出行，是一次由与周遭的俗世生活温驯相处的记录者向到世界上去的探索者的转变，也是一次让无力者重新找回力量、悲观者再次上路前行的尝试。在为小说命名的时候，其实我有一个备选的标题，叫《仆街的阿信》。之所以想过用这个标题，是因为我觉得对于创业者来说，相对于学习如何做一个成功的人，更应该把如何与失败相处当成第一门的必修课。我们文化中的主流思潮都在鼓励人们去做一个成功的人，但实际上，绝大多数的创业者最后都是失败的。因此，在狂欢般地朝成功奔跑前，我们是不是应该想一想，如何先学会做一个有着基本的尊严感和幸福感的普通人？

创业题材让我着迷，还有一个重要的原因——它天然地暗含一个长久以来我渴望去探索的主题：我们究竟能够去过什么样的生活。这种主题的内核是自由意志（我想，它带有以赛亚·伯林"消极自由"的色调），具有某种思想启蒙的光芒。对创业者来说，他无法从现成的生活模板中顺手牵羊；在创业这条漫漫长路上，也没有谁能够掌握绝对的真理，把握世界的边界。所以，合格的创业者大多学会了一件事，那就是机警地保持着自由思考的能力和开放的意识，远离"意义的浅滩"，让不同的思想形态和人生境界能够兼容共存、彼此参考，以便找到柏拉图所谓属于"另一半的自己"的生活。我以为，这种兼容共存，就是自由的精髓之一。"我们做一件事情，并不是因为它一定会成功，而是因为这样做是对的。"这是捷克作家哈维尔写下的句子。追随心中的自由，锲而不舍地去做某件"对的事情"，在我的眼中，就是一种伟大的生活。即使最终失败，这也是一位"伟大的失败者"。

当然，创业固然有属于自己的"规则生态系统"，但仅仅用惯性的规则标准去比照是不恰当的。我愿意去塑造的创业者形象，并不是一群情绪化的反抗动物，因为我知道，在真实的创业中，情绪并不能解决任何问题。我希望他们是平凡的、天真的、诚恳的，也是有力的、深刻的、智识的。

　　莫里斯·布朗肖说："写作就是发现异己，把思想中的那个不认识的自己发掘出来。"对我而言，这样一种微弱的光亮，却像汪洋大海的罗盘和世界的慧心般，照亮着我的写作旅程。而对于对小说有着更高期待的读者来说，阅读又何尝不是如此呢。

评论·现时代的青年精神

《人民日报·海外版》

聂梦

1

小说，自其诞生之日起，就天然拥有一张时代的面孔。如果没有现代世界的兴起，没有探险、发明、工业化、征服和暴力，我们就不会结识堂吉诃德，如果人类未能飞行、画面无法活动、声音不曾在空气中遥遥传递，作家们就不必因时代的节奏而调整步调，文学史册中就只须辑录下狄更斯和艾略特——那些属于马车代步时代的人和事，而错失K先生或吃着著名小玛德莱娜蛋糕的马赛尔。必须承认，在卷帙浩繁的优秀乃至伟大的文学文本中，每位文学"新人"的呼吸，吞吐的都是时代的空气。无论举起长剑刺向风车，还是由一口蛋糕展开大段回忆，他们的举手投足，终究要收纳到时代巨大的身影里。而今，属于中国的时代正上演着巨变。奔走于其中的人们所携带的面貌、分量、色彩、范围与日俱新，与之相匹配的中国文学，也在不断地自我展开，日渐丰盛、开阔。有论者称，20世纪是中国小说现代化的世纪，中国的小说家自那时起便开始学习如何在全球化的背景下思想、体验和表达。然而，就在今天，置身于声势如此浩大的时代声息中，我们却迟迟未能收到来自文学"新人"的消息。换句话说，在当下文学已然贡献出的青年形象里，"新人"常常缺席。

其原因是多方面的。其中很重要的一点是，长久以来，或者说近二十年以来，中国当代文学的青年形象摹写，始终为一种成见所支配——我们对于多义、复杂乃至混沌，从不吝惜自己的溢美之词，而在单纯、热望和一往直前面前，却留下了大片的沉默。这种选择性的无视或退避，与小说家们美学、哲学、社会学、人类学等焦虑有关，与将个体从宏大叙事打捞出来的冲动和责任感有关……它最终将自己卷入了一个悖论里：它所衍生出的对失败的偏好，本意是为了丰富文学的面相，最后却众口铄金地达成了单调。于是，具体到青年身上，各种"无力青年""无为青年"甚至"失败青年"的形象如约而至。小说家们对于青年群体的外部考察与观照，缺乏细致辨认的耐心，缺乏切实的理解和同情，一不小心就滑落到大众文化、消费文化或青年亚文化的框框里。而青年的自我审视，又往往过于耐心，过于自我理解和同情了，很大程度上削弱了人物的现实精神、成长动力和行动的勇气，有些甚至直接演变为碎片青春的自我哀怜。如此往复，人们对于时下文学作品中青年形象的认知，不得不简化为一系列形容词：无序的，迷惘的，怀疑的，不知方向的，不明所终的。

迷惘和怀疑不是不能谈。它们本身也是时代的面孔之一，自有其意义与价值。但眼下的疑问是，我们的青年除了愁苦嗫嚅、自怨自艾之外，是否还有其他的表情和声音？答案是肯定的，但却几无事实。所以眼下的情况是，在小说里，在最应当展示人类无穷可能性的文学里，一百张生动的年轻面容正在合唱着同一段旋律。想法、风格迥异的小说家们为了重建主体性而付出的苦心孤诣的创造，非但没有让笔下人物的表情清晰独特起来，反而越变越模糊，直至退融到色调单一的背景板里。

我们早已过了用一个人物命名一个群体、用几个人物俘获所有想象的时代。倘若在文学中，为了破解旧的俗套而形成新的俗套，并任凭这新俗套一直延续下去，那么恐怕就真的是"一百个青年有一百个失望了"。它引发的不仅仅是文学形象的同质化，更会将小说家们的写作带入一种无所建树的精神的虚无里。一种无目的、无将来、为否定而否定的虚无。这首先是写作本身的问题，但它也提醒我们，或许我们的青年，或者我们的时代，在这一方面也出现了问题。

2

还是有人愿意把窃窃私语转化为热切的行动 ——这是我阅读彭扬的《故事星球》时最大的感受。

其实无论从哪个角度出发，我们都容易达成这样一种共识，谈论梦想是危险的，在小说中谈论梦想尤其危险 ——骨感的现实常常会将丰满的理想刺穿，而小说家也有可能因此而失去阅读者的信任。《故事星球》就是一个关于梦想的故事，一个关于如何兜售故事的故事。从某种程度上说，彭扬写阿信，就是在写自己。在我看来，彭扬是一位不折不扣的目的论者。整个时代都如此激动人心了，我们又岂能疲乏无力？因此，他甘愿冒着风险，做一个无限大、又大得刚好可以实现的梦，然后再用文字安排一切，一步步化解风险，最终让风险成为好故事力量的一部分。

《故事星球》的外壳有种"酷酷的萌"。主人公阿信在千帆竞技的资本大航海时代组队打怪，为的是让正在长高的中国抬头看一看星空。天真而不幼稚，这既是彭扬追求的调子，同时又支撑起了整部小说的骨架，让阿信和小伙伴们站得更直，走得更稳。

但我所关心的，是故事中传递出的节奏，是一种青年人所特有的、奔跑与急停所带来的速度感。小说中一共写到六次仆街，阿信和他的团队仆街很快，爬起来也很快。就是这样一种"奔跑——急停——再奔跑"的速度感，把我们的心也搅动得不安分起来。真正寓于跑停之间的，是一种现时代青年的心理节奏。我们仿佛看到一个在自己人生道路上飞速奔驰的年轻人，被现实一次又一次绊倒，但他并不肯在泥淖中过久停留。小说中一再出现的跌倒，有同义重复，也有递进成长。阿信的奔跑，不单单是消耗热量的机械运动，还是一种心境，一种创造，一种时代的具象和表征。阿信奔跑的背影，甚至让我想起了阿甘。

从阿信身上，我们辨认出了一种处于成形过程中的"新人"的可能，以及一种新的姿态。这姿态同时也属于彭扬，属于更多的青年作家，这姿态中，蕴藏着青年写作的新路向——现实里属于文学的不仅仅是"多余人"的摔打，还一定有"新人"的奋斗史和自主成长经验，以及那些"不可破碎的形态，不可轻慢的抵达，不可丢弃的心灵"（《人民文学》卷首语）。

但问题仍在继续。支持阿信一再奔跑的驱动力究竟是什么？单单是属于青年人的焦虑吗？我不由地想起另一个新质的形象，他来自孙惠芬的长篇小说《寻找张展》。自父亲空难去世后，"官二代"张展便在一条叛逆不羁、呼朋唤友、自我放逐的路上人间蒸发了。待他重新回到人们的视野时，形象已然变得低调谦和、富有爱心、才华横溢。作者大海捞针，最终找回了完整的张展，而阅读者则收获了一些富有意味的对照项：叛逆对应权力和物质的异化，谦和对应对过去和真相的体察、对父辈苦衷的理解、对自我价值的肯定以及对现实人生的愿景。张展和阿信也许并不相像，姿态也不一致。张展想要的是自我辨认和自我寻找，阿信的任务则是自我实现、自我发展；张展是回溯的，阿信却一往无前。但就是这样两股完全异向的力量，却在两人之间形成了奇妙的呼应和续接。在这呼应和续接之下，他们分享着同一种精神。

我以为，这就是青年的精神。

3

事实上，精神和梦想的属性一致，都是危险物，让谈论它们的人故步自封、自设陷阱。但既然已经从阿信聊到了张展，这陷阱却是不得不跳了。并且在我看来，如果不触及精神问题，就永远无法抵达两位人物的内核所在，只能在创业怪咖和官二代的层面上不断绕圈圈。

在阿信和张展身上，选择始终都是他们的人生关键词。略萨曾在《给青年小说家的信》里将选择分为自由选择和自我选择（自主选择）。放在今天的语境下，它们两者的待遇又各不相同。我们此刻所处的时代，是一个对青年友好的时代，一个青年被认真爱护，甚至过分爱护的时代。选择的自由被严密保护着，选择的自主则有赖于年轻人自己去解决。时代微笑着提示青年：要么干脆做一个挂着青年招牌的利己主义者，要么让更多的反思和自觉融进你的选择。

顺着张展的目光向回看，阐述现时代青年的自我选择、青年的自主精神，首先出现的一条重要原则是，要有所"疑"，有所"不为"。这条原则几乎可以溯源到世界上任何一个国家的伟大青年传统，或者说它本来就是青年人应有的常态。但问题是，实现了"疑"和"不为"，接下来的"信"和"为"，方向又在哪里？阿信的发问"未来怎么不能现在就来"，与第二关的方向性疑难在本质上是相同的，它们一同指向了青年往何处去的内在困局。阿信肯定是听过鲁迅先生的教导的，要"大胆地说话，勇敢地进行"，但阿信的时代，已经是呐喊和不破不立的需求及其必要性正在减弱的时代。这样的时代对年轻人提出了新的考验：路在脚下了，大胆说话的人也多了，你们自己决定该怎样勇敢地进行吧。

"选择一条让自己尊敬自己的路"，这是阿信给出的回答，在他和张展翻越了无数高峰低谷之后，在经历了反抗、抱怨、宣泄而对历史、传统和现实有所理解有所认可有所责任之后。事实上，这样的表述我们早已在年轻的马克思那里听到过。热情有可能须臾而生，又须臾而逝，我们受到的鼓舞究竟是不是一种迷误？选择一种能使我们有尊严的职业，"在从事这种职业时我们不是作为奴隶般的工具，而是在自己的领域内独立地进行创造；这种职业不需要有不体面的行动（哪怕只是表面上不体面的行动），甚至最优秀的人物也会怀着崇高的自豪感去从事它"。尊严意味着什么？意味着拿出建构一个属于自己的完整世界的勇气，向着自身最大的潜能处探寻。

的确，这是一个对青年友好的时代，但与此同时，还是一个可以定义自身伟大的时代。"每个人都应该有属于自己的伟大生活"（阿信语），只有这样，未来才能现在就来。

图书在版编目 (CIP) 数据

故事星球 / 彭扬著. — 北京：北京十月文艺出版
社，2018.9
ISBN 978-7-5302-1828-0

Ⅰ.①故… Ⅱ.①彭… Ⅲ.①长篇小说—中国—当代
Ⅳ.① I247.5

中国版本图书馆 CIP 数据核字 (2018) 第 085330 号

北京市优秀长篇小说创作出版扶持项目

故事星球
GUSHI XINGQIU
彭 扬 著

出　　版　北京出版集团公司
　　　　　北京十月文艺出版社
地　　址　北京北三环中路 6 号
邮　　编　100120
网　　址　www.bph.com.cn
发　　行　新经典发行有限公司
　　　　　电话（010）68423599
经　　销　新华书店
印　　刷　北京盛通印刷股份有限公司
版　　次　2018 年 9 月第 1 版
　　　　　2018 年 9 月第 1 次印刷
开　　本　880 毫米 ×1230 毫米 1/32
印　　张　8.75
字　　数　151 千字
书　　号　ISBN 978-7-5302-1828-0
定　　价　45.00 元
质量监督电话　010-58572393
如有印装质量问题，由本社负责调换。

石与佛

漫画　左马

原作　彭扬

梦醒时分，你躺在城市的身体上，

依旧能够感到脚畔的冰凉。

喵！

团队拓展季
到了。金石
创投的董事
长钱正义发
来了视频动
员邮件。

拓展
未来！

鼓足
干劲！

增强团队
的活力、
创造力和
凝聚力！

呼!

冲啊!

真人CS?

杀啊!

两人三脚。

维护公司利益!

拥护公司领导!

……

我跳!

我跳!

团队拓展从什么时候开始不是杀气腾腾,就是显得像个白痴呢?

阿信,阿信!

这些都是精选过的，谈的也都是最低价。

拓展公司宣传册……选一个吧！

?

茅毛，我们去海边吧！

海边……

我们去海边！

这种火车我小时候坐过一次，现在想起来还有点小怀念呢！

哈哈。

……

我想带他们去的地方，是一座海边的小镇。

那里没有机场，也没有高铁，只有一列旧旧的绿皮火车，在几十公里的老城停靠……

看！好多渔船！

哇！

这美轮美奂的景色，有谁会忍心拒绝它呢？

喂，店铺好像都关了……

大福！前面有一家！

幸好！

感觉像走进了史前文明。

路灯都灭了……

只要见鬼就别行了。

怕怕。

帅鬼可以吗？

啊抱歉!

啊。

看来是真得换车了!

还有多远?

不远不远，还有一两公里就到了。

呀两公里！

去走过？!?

没事，我们走过去。

淘淘你不是老嚷着要减肥吗？

刚好给你一个掉肉的机会。

这么不远万里来到底是来拜访什么大人物仙呀？

只是我的一个大学同学。

没有风仙，没有道骨。

他叫林龙，是我在大学时的朋友。

大四那年，他的父母遭遇空难，双双离世。

当他知道这个消息时，整个人瞬间变成了空壳。

原本，他是一个梳着帅气发型的美术学院的风云学霸，却在几天之后不知所踪，变成一个遥遥无期的谜。

直到毕业前夕，他终于回来了。

我依稀记得，他的周围仿佛笼罩着光，让他的影像仿佛幻影。

这个影子告诉我，他曾经失去了活下去的意义，

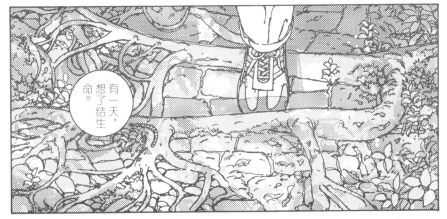

有一天，想了结生命。

此时，他遇见了一位老和尚。

和尚？

在我们人间，每个人的心中都有一尊佛，只是这佛的身体。

对，老和尚抱着一个残破的佛像，对林龙说，

裂石，

佛像，

施主觉得有何区别？

……

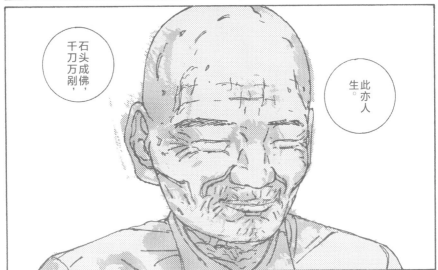

此人亦生。

石头成佛，千刀万剐，

后来，龙林饭依了佛门，法号「玲珑」。

小巧玲珑的那个一玲珑」……

他跟着这位老和尚一起修缮损坏的佛像，驱散人生中最黑暗的时光。

毕业前他告诉我，他要继续修佛像。

还要自己造佛像。

我们到了！

哇。。。

你的佛好特别！

跟我看到的其他佛像都不一样。

是哦，我这个事都准。人在世间，造物和事行，标准都得有标准。

现在工厂大都按照和审美一作成坊不大变的造佛像，

而佛人们对佛像的历史沿革甚少知之。

大概只是用机器切割草草成了事，有些便

即使我们看到粗制滥造的佛像，本这样子也会认为佛像原的就是他们制。

我的理想，是用人的心去造佛和安放佛像的时间能就被人心安放的佛像。

但这一生，我只会修造佛像，和修造佛像。

没有标准，形骸也便会涣散，灵性也将会走向枯竭。

即使有着那佛崩裂的身影，很容易在那缝隙中，也遁入邪道。

小镇住得还习惯吗？

啊！习惯还能克服的。克服的。

前两天倒是见着了「鬼」。

几个戴着鬼面具的鬼孩子把我吓得半死。

也许小镇还不是习惯我们。

这些鬼孩子，

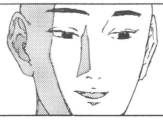

只是一些大城市务工的父母都去留守儿童。

他们没有恶意的。

你们，看这目光

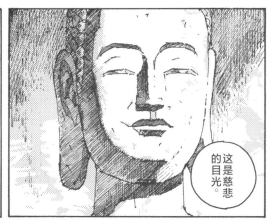
的这是慈悲目光。

当你对这世界温柔以待，

一对笑你世界的回也眸会。

虽然，这笑容大多匆匆，很容易错过。

这是慈悲的目光。

……

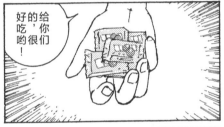

这个给你!

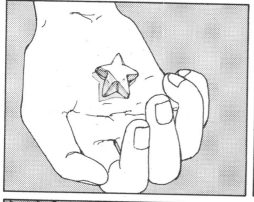

哈哈!

当你对这世界温柔以待，世界也会对你回眸一笑的。

虽然，这笑容大多匆匆，很容易错过。

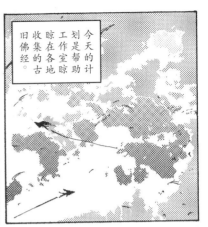

今天的计划是帮助晾工作室晾在各地收集的古旧佛经。

轰隆隆！

啊！

看来天公不作美呀。

好专注！

哇！

时间对他们好像是身外之物似的。

时间只是一个幻觉。

其实知道节奏更重要的是心的事情。

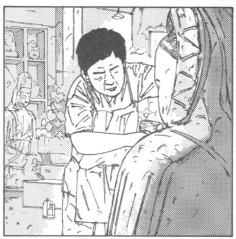

心的节奏？

嗯！

这世界有太多美丽的事物。

这些事物在时间中闪闪发亮时，让你的心也跟着颤抖。

轰隆隆！

轰隆隆！

去一起喝杯茶，然后明天再过来吧。

我这里有处风景绝佳的地方，但没有太阳，是看不了的。怕不是的。

有意思吗？来试试吧！

呵呵。

啊？不了！不了！不了！

来试试吧！！

来来来！

啊？

这个老家伙可厉害了，做了六十年的鱼丸。

呵呵

怎么能毁在我手里？

这家店从我爷爷的爷爷就开始经营了，

把一件事做到理想的境界，一生都太短了啊。

都是我在各
地收集的被
损坏和遗弃
的佛像。

哇！

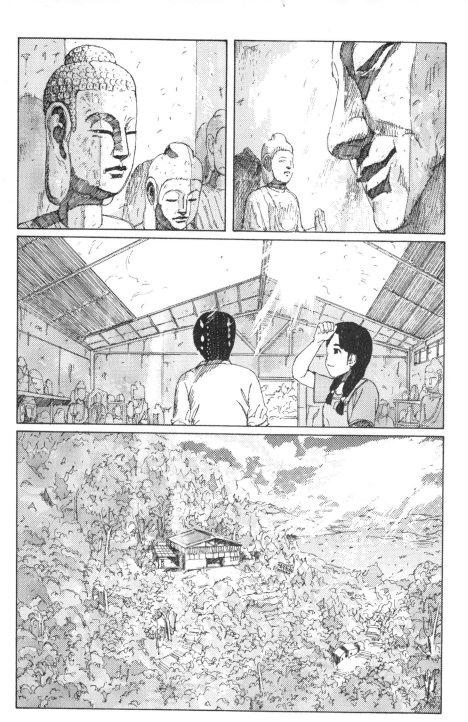

让人喜悦的事情呀。现神采，是一件多么让失去光辉的事情重

造佛之心呢？道，又何尝不需要凿刻理想的创业之

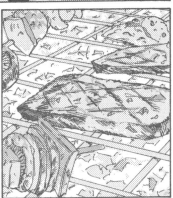

那时候的海，像佛陀的目光，送我们离开。

石よ佛